CC 59372085586777

ACROBACIAS ANGELINAS

JULIO PUENTE GARCÍA

Floricanto Press

Floricanto is a trademark of *Floricanto Press.*

Berkeley Press is an imprint of Inter-American Development, Inc.

Floricanto Press

7177 Walnut Canyon Rd.

Moorpark, California 93021

(415) 793-2662

www.*FloricantoPress*.com

ISBN-13: 978-1-951088-31-6

LCNN:

"Por nuestra cultura hablarán nuestros libros. Our books shall speak for our culture. "

Roberto Cabello-Argandoña, Editor

Para Alessandro y Cosimo, mis angelinos de nacimiento
Para Jen, angelina por convicción

Índice

Los libros de la abuela

DIERON LAS SEIS DE LA MAÑANA E inmediatamente Andreina desactivó la alarma de su celular; de un manotazo se despojó del sombrerito de marinero, y rumbo a la puerta de salida terminó de abotonar su chaqueta de mezclilla. Cinco años trabajando en la cafetería "El Pescadito Despierto," y esta era la primera vez que pedía permiso para salir antes de completar su turno. Su jefe le advirtió que además de descontarle las dos horas no trabajadas, esa noche debía reportarse una hora más temprano. Ese detalle incomodó a Andreina, pero pensó que el sacrificio valdría la pena. Aquella debía ser una jornada especial.

Salió de Long Beach montada en su bicicleta y pedaleó por cuarenta minutos hacia el noroeste hasta llegar al community college. Mientras esperaba a que abriera sus puertas la Biblioteca Américo Paredes, se sentó sobre un banco de concreto y sacó de su mochila una libreta a cuadros y una antología de cuentos. A las siete en punto vio a la señora Franklin aproximarse a la puerta y, luego de abrirla, la mujer le dio la bienvenida a Andreina con una sonrisa y apuntó hacia la mesa en la que solía trabajar la estudiante.

Además de especial, aquella jornada sería más larga de lo acostumbrado. A las siete de la tarde presentaba su examen final en la clase de ecuaciones lineales, y este curso la acercaba un paso más a solicitar la transferencia a un programa de ingeniería. Dos horas antes del examen de matemáticas, en la clase de literatura latinoamericana debía entregar su ensayo de fin de curso. Con las dos horas extra que pidió en su trabajo planeaba terminar ambas tareas y asistir al "Evento del año" en su community college.

Cuando su consejera le recomendó tomar una clase de español, a Andreina le pareció que no era lo más indicado, puesto que ella deseaba ser ingeniera y sus intereses en Latina Studies ocupaban el resto de su tiempo. Además, ella ya hablaba español. Sin embargo, luego de que Ms. Rivera le explicara que del mismo modo en que las clases de inglés enseñaban no solo la lengua sino también literatura, Andreina decidió agregar la clase a su agenda. Horas antes de terminar el semestre, se sentía satisfecha de haber escuchado los consejos de Ms. Rivera. En el curso de español había leído cuentos y poemas cuyos temas se relacionaban profundamente con su clase favorita del semestre: Pensamiento y Acción en la Cultura Chicana. No fue, sin embargo, el profesor Aguirre-Smith quien le recomendó asistir al "Evento del año." Su profesora de literatura latinoamericana, la doctora Alicia R. Sánchez, invitó a Andreina personalmente a la plática que impartiría un joven escritor proveniente del sur. La profesora Sánchez insistió en que, si bien no habían tenido tiempo suficiente para leer su obra, seguramente su nombre entraría en breve al canon literario de Nuestra América. Andreina estaba emocionada por la oportunidad de escuchar a tan brillante escritor, y pensó que con un poco de suerte podría saludarlo y contarle de su ensayo comparativo sobre el concepto de solidaridad en los textos breves de Nellie Campobello y las historias orales de mujeres que participaron en el movimiento Chicano en los años sesenta.

Andreina trabajó hasta las once cuarenta y cinco de la mañana y pudo terminar su ensayo para la clase de español. Aún le faltaba repasar más de la mitad de sus notas de matemáticas, pero se alegró al pensar que en escasos minutos conocería a un escritor.

Antes de salir de la biblioteca, devolvió la computadora portátil a la señora Franklin. De camino al lugar de la plática se acercó a un hombre que vendía pupusas, pidió una de chicharrón y la comió antes de llegar al Dolores Huerta Hall. Al entrar vio que todas las sillas estaban ocupadas y que en los pasillos abundaban personas de pie. Se movió entre el gentío para encontrar un espacio y de repente escuchó que una voz la llamaba; era su amiga Rosaura, quien le había apartado un lugar en primera fila.

A las doce en punto, el presidente del community college le dio la bienvenida al escritor, y después de un par de minutos cedió el micrófono al cónsul. El viejo agradeció inconmensurablemente al gobierno de la república por patrocinar ese tipo de encuentros. Luego habló por más de veinte minutos sobre el árbol genealógico del escritor, destacando a los hombres ilustres de su familia, y halagando el apoyo ejemplar que recibieron de sus mujeres. Mientras algunos estudiantes en el público bostezaban, disertó sobre la distinguida carrera literaria del autor y sobre sus grandes aportes a las relaciones internacionales en sus puestos de agregado cultural en Alemania, Inglaterra y la India. Finalmente, el viejo terminó su introducción y el público se levantó de sus asientos para darle la bienvenida al escritor con un caluroso aplauso. El hombre de letras abrazó al cónsul y saludó fríamente al presidente del community college.

Tras el pódium, el escritor se acomodó la corbata y tosió para llamar la atención de algunos distraídos que seguían conversando en voz alta. Enseguida, pronunció su discurso:

—Desde épocas lejanas, de cuyas fechas precisas no me es posible acordarme, en mi familia han galopado dos pasiones que se complementan inmejorablemente: el gusto por la literatura y el placer de saborear los buenos vinos. De la segunda pasión hablaré en otro lugar más propicio, no creo que por estas tierras les interese demasiado. Puedo decirles, sin embargo, que mis memorias infantiles se encuentran gozosamente llenas de anécdotas provenientes de la *Ilíada* y la *Odisea*. Mi abuelo, conocidísimo político en nuestro país y respetado hombre de letras a nivel continental, solía tener en su estudio, en el tercer piso de nuestra casona de arquitectura colonial, una cómoda poltrona en la que yo, su nieto predilecto, lo contemplaba de lunes a viernes de nueve de la mañana a una de la tarde mientras trabajaba en sus proyectos escriturales. Por las tardes salíamos al jardín a recostarnos bajo el naranjo o los olivos y, contemplando las magníficas rosas blancas que tan bien cuidaba mi madre, nos aventurábamos en el mundo de la lectura. Además de los clásicos que he mencionado, *El*

Principito fue uno de mis libros preferidos; el abuelo nunca se cansó de leerlo para mí. Fue él quien me inculcó el amor por las grandes obras literarias y el afán de escribirlas.

Pero no fui invitado a este gracioso recinto para hablarles sobre mi persona, sino para razonar a propósito de sus circunstancias históricas. Ustedes, aunque lo ignoren, pertenecen a esa diáspora abandonada a su merced por nuestros gobiernos del sur y mancillada por este país que vio crecer a Abraham Lincoln. A pesar de su precaria lengua, en la que por otro lado todavía se hallan algunos residuos del español, ustedes tienen que sentirse orgullosos de sí mismos, como lo comentó previamente a esta charla el señor cónsul quien ha hecho posible esta visita mía a la ciudad de Los Ángeles. Créanlo, cuando me invitaron pensé que debía ofrecer una cátedra sobre literatura universal en una de las universidades privadas de la región, pero gracias a los esfuerzos, y a la insistencia del señor cónsul, aquí me tienen, preparado para darles el ánimo y el conocimiento que tanto necesitan, y para recordarles que no están solos; que pertenecen azarosamente a una gran tradición cultural que comienza en la Ciudad de México y termina en la gran Buenos Aires.

Después de escuchar esa última frase, Andreina dirigió su mirada hacia la profesora de español; la doctora Sánchez apretó los dientes y bajó la mirada para comunicar su sentimiento de vergüenza ajena. Sin despedirse de Rosaura, Andreina se levantó de su silla de plástico, caminó hacia el pasillo central y, dándole la espalda al escritor, abandonó el auditorio.

—En mis recuerdos infantiles no aparecen libros–pensó Andreina. Recuerdo el hambre, a veces el frío y el miedo, también el deseo de algún juguete, una muñeca doctora o abogada. Me hubiera gustado tener alguna científica, pero esas no se hallaban en las tiendas de 99 centavos. Nunca conocí a mi abuelo, aunque sé que era un hombre trabajador, tan trabajador que dejó más de media vida en la fábrica ensambladora.

Andreina subió nuevamente a su bicicleta y se alejó del community college. Pedaleó media hora en dirección norte hasta entrar por un callejón y llegar a la puerta de su casa, ubicada en la ciudad de Cerritos al sur de Los Ángeles. Vivía sola en un departamento de no más de treinta metros cuadrados, compuesto de una cocina pequeña localizada al fondo, al lado de esta se encontraba el baño en el que además de asearse, lavaba sus ropas. En la parte frontal del departamento se hallaba una cama sencilla y una mesa en la que comía y completaba su tarea.

Su abuela Irma había adquirido la mesa en una garaje-sale que organizó la escuela primaria de su vecindario cuando Andreina tenía apenas ocho años. Andreina había vivido con su abuela desde esa edad, hasta que un lunes por la mañana le pareció extraño que su abuela no se levantara a trabajar y la besó en la frente para despertarla. Irma no movió un músculo. Andreina gastó en el entierro todo el dinero que había ahorrado trabajando por las noches de mesera en "El Pescadito Despierto" y la mitad de las becas que había ganado ese semestre.

Al entrar en el departamento, Andreina puso la rodilla sobre el piso y estiró su brazo derecho para alcanzar un objeto debajo de su cama. Tomó una cajita de cartón y la abrió.

—La *Ilíada*... Sí, este libro fue la *Ilíada* de mi abuela: el diccionario de bolsillo español-inglés que compró una semana después de la partida de mamá. Recuerdo a mi abuela recargada sobre la orilla de la cama repasando el vocabulario básico que necesitaba para comunicarse, y de tanto en tanto observaba por encima de mi hombro para cerciorarse de que trabajara en mis tareas. Fue ella quien me dio la fuerza y el ejemplo para estudiar y convertirme en ingeniera.

Este otro fue su *Odisea*, un librito de mapas de la ciudad de Los Ángeles que consiguió un mes más tarde cuando se quedó desempleada y recorrió cada rincón de la ciudad hasta encontrar trabajo como empleada doméstica.

Todavía está marcada la calle en la que se ubica la casa de la familia a la que sirvió por más de quince años. No sé cuántas veces habló con la dueña para que le permitiera registrarse como residente en su casa. Pasaron años hasta que lo consiguió, fue cuando pude cambiarme a la middle school de ese vecindario.

¡Qué diferencia con las escuelas de esta zona! Lo primero que me dieron fue una computadora portátil que me ayudó a tolerar las dos horas que gastaba en autobuses rumbo a la escuela. Me sentí fuera de lugar desde el principio, casi todos los alumnos eran de piel clara; había algunos asiáticos que me trataban igual, es decir, igual de mal que los demás. Pero no me importaba, me encantaba el patio en el que salíamos a jugar, no había rejas ni alambres de púas como los hay aquí en las escuelas del vecindario. Tampoco se veía a policías, solo a un señor muy alto, pálido y obeso que nos saludaba al entrar y nos despedía con miradas extrañas.

La maestra Richardson no estaba tan mal, aunque hubiera preferido continuar con las lecciones de la maestra Solís. Pero no tenía elección. La maestra Solís enseñaba clases a más de cuarenta estudiantes y Richardson no pasaba de los veinte. A los trece años, Richardson fue quien me enseñó realmente a leer. Mi abuela lo intentó incansablemente, pero su conocimiento limitado no se lo permitió. Esa fue una de las pocas cosas que mi abuela no pudo hacer en su vida.

Andreina arrastró la mesa y se reclinó sobre la orilla de la cama. Acomodó los libros de la abuela encima de la mesa y sacó de su mochila el cuaderno de matemáticas para estudiar. Decidió faltar a la clase de literatura latinoamericana y dormir un instante. Despertó, montó por tercera vez su bicicleta y presentó su examen de ecuaciones lineales.

Esa noche, Andreina comenzó su turno en "El Pescadito Despierto" a las once. Gracias a su esfuerzo, y a los libros de la abuela Irma, el siguiente año fue aceptada en el programa de ingeniería mecánica de Cal Poly.

El Orgánico

Su ANTIGUA POPULARIDAD ENTRE LOS gélidos residentes de la ciudad de Santa Mónica, que en su momento cumbre solo pudo compararse con la alcanzada por O. J. Simpson en la década previa, se había esfumado como lo hace el polvo en un campo desértico después de haber recibido la añorada lluvia. Lejos ya de aquellos días de glamur que gastaba entre pasarelas, fiestas al lado de la playa y cocteles nocturnos, esa fresca madrugada el Orgánico se hallaba en los alrededores de Downtown LA a la espera del autobús *Greyhound* que lo trasplantaría a Reynosa, su primera parada antes de remontar un trayecto de miles de kilómetros hacia el sur del continente con la esperanza de poner pie en su añorada región andina, "tierra sana y abundante en la cual gozaría de una vida plena entre los suyos," tal y como le había aconsejado su guía espiritual.

Con su bolsa de piel color magenta al hombro, en donde había empacado un cambio de ropa y algunos productos que él consideraba esenciales, subió lentamente al autobús, arrastró sus pies al dirigirse hacia el fondo y se recostó en postura fetal sobre los asientos. Mientras terminaban de acomodarse los ruidosos pasajeros, entre los cuales había algunos mexicanos muy sonrientes que vestían pantalones vaqueros y portaban grandes maletas a cuestas, el Orgánico se mantuvo quieto y con los ojos cerrados. Al escuchar el rugido del motor, despertó de su abstracción. Enderezó su cuerpo con rabia y giró su demacrado rostro hacia el oeste. En ese instante, maldijo a todos aquellos traidores que por más de diez años lo habían adorado como a una deidad agrícola romana para después arrojarlo a la calle como a cualquier inmigrante proveniente del sur. "Entre nosotros –murmuró– no habrá ningún *hasta la vista*, pálidos bicicleteros, amantes de las gafas oscuras y las chancletas multicolores. Aquí los dejo. Sigan disfrutando de sus vidas falsas plagadas de primaveras eternas, comercio justo con África y cursos a bajo costo sobre el consumo responsable."

Comenzaban a despuntar los primeros rayos de sol cuando quedaron atrás las últimas palmeras de la ciudad de Los Ángeles. El autobús avanzaba a toda velocidad por la autopista número cinco mientras el Orgánico observaba distraídamente las larguísimas filas de automóviles que intentaban adentrarse en la ciudad. De repente, uno de los cientos de anuncios espectaculares que adornaban la autopista llamó su atención. Se trataba de un cartel publicitario que anunciaba la revista Inner Harmony, cuya portada exhibía unas hojas del súper alimento conocido como col verde o *kale*. Si bien el descubrimiento de tal revista había generado una metamorfosis en la vida del Orgánico, la mera aparición en un anuncio espectacular en medio de las autopistas angelinas le pareció, además de un mal augurio, una muestra más de la falsedad a la que había llegado su antiguo círculo de amistades. Para colmo, la portada se hallaba plagada por la imagen de una de sus más terribles perseguidoras, quien había promovido su exilio de los *Farmers' Markets* en el sur de California.

Para desprenderse de aquella imagen en la portada de Inner Harmony, el Orgánico volvió a recostarse sobre los asientos impregnados de un olor rancio, y minutos después cayó dormido. En el sueño volvieron aquellas memorias de sus primeros años en Los Ángeles, recién desempacado del sur del continente. Desde su misma llegada era ya considerado una estrella en la zona oeste de la ciudad. Imágenes suyas aparecían enmarcadas a la entrada de los ostentosos supermercados *Whole Foods* y en la sección de productos *South of the Border* de *Trader Joe's* bajo el lema *Feed Your Soul*. En menos de seis meses la fama del Orgánico aumentó exponencialmente, pero siempre manteniéndose dentro de las estrechas y aisladas comunidades de la costa del Pacífico. A mediados de los años noventa fue fundado en su honor el Organic Market que hasta el día de hoy continúa abriendo sus puertas todos los sábados a partir del mediodía a los ávidos parroquianos de Downtown Santa Mónica. Gracias a su prestigio, a partir de una edad temprana, el Orgánico asistió a incontables almuerzos y veladas en los cuales se transformaba en la mayor atracción en cuanto los meseros comenzaban a repartir bocadillos. El gusto que invitados y anfitriones sentían por él estaba solo por debajo del amor que profesaban por sus mascotas. Por aquellos días, cada una de sus amistades disfrutaba de sus aptitudes. ¡Ah, la vida era bella!

—¡Ey, se acabó!

—Lo sé, todo se ha terminado—contestó el Orgánico con una voz apenas perceptible.

—No, el trayecto se terminó. Vamos, largo de aquí. Tengo que limpiar este camión antes de terminar mi jornada.

—¿Qué hora es? ¿En dónde estamos? —preguntó el Orgánico en el momento en que se incorporaba.

—¿Qué fumaste? ¿No sabías hacia dónde venías? Estamos en El Paso, dónde más hemos de estar. Ya es casi la medianoche. No te digo que este es mi último camión.

—No entiendo. ¿Qué hago aquí? Yo voy a Reynosa.

—Tú sabrás, revisa tu boleto, ¿no tenías que hacer escala?

—¿Escala? Una vez hice escala en Nueva York para ir a Londres. Iba al festival *Organicmania* en el que recibí *The Green Leaf*, mi primer premio internacional en el mundo vegano.

El viejo conserje le dio la espalda y comenzó a depositar la basura de los pasajeros en una gran bolsa negra que al Orgánico le pareció un saco para cadáveres.

Sujetándose del asiento de enfrente, el Orgánico consiguió ponerse de pie para bajar del autobús. Enseguida, se dirigió al baño y después de ser incapaz de completar sus necesidades fisiológicas, lavó su cuerpo en el lavabo de metal con un jabón olor a cítricos que había comprado en una visita a la Costiera Amalfitana. Posteriormente, extrajo de su bolsa una cajita dorada con maquillaje y comenzó a polvearse el rostro, cubriendo sus primeras arrugas en la frente y matizando sus ojeras.

Al salir del baño se acercó a una vendedora ambulante que comerciaba con burritos en la parte externa de la estación y preguntó por las opciones vegetarianas. La señora lo miró extrañada, casi con enfado, como si un adolescente le estuviera jugando una broma. Luego de unos instantes, le contestó que propiamente esas opciones no entraban en su menú, pero podía prepararle algo. Le advirtió, sin embargo, que le costaría el doble. El Orgánico aceptó y sorprendido observó cómo la señora tomaba dos burritos de chile con carne y arrojaba la proteína al suelo para que el perro que la acompañaba la devorara. La señora enrolló los burritos de chile verde en una servilleta húmeda y se los entregó al Orgánico, quien le extendió algunos dólares.

El Orgánico volvió a entrar a la estación y se sentó sobre una de las heladas bancas de concreto. Media hora más tarde, vio pasar al viejo conserje quien le dirigió una mirada de lástima mientras movía la cabeza de un lado a otro. El Orgánico rehuyó la mirada del viejo y se quedó contemplando los ventanales de la estación que daban hacia el noroeste, hasta que escuchó el anuncio de salida del autobús con destino a Reynosa que partía a las siete treinta de la mañana.

Acababan de dar las cinco de la tarde y parecía que el calor de todo el día se había acumulado para precipitarse en ese instante. El Orgánico se había acomodado nuevamente en la parte trasera del autobús y veía a algunos pasajeros retorcerse en sus asientos al escurrirles el sudor por las sienes. Desde la sección central del autobús se escuchaba un niño de alrededor de seis años quejándose de hambre y la voz apenada de la madre intentando consolarlo con algunos tragos de agua. Cuando el niño comenzó a hacer rabietas, el Orgánico se levantó y se dirigió a su asiento. Al llegar junto a ellos, el niño giró su rostro y quedó sorprendido no por las ropas desaliñadas del Orgánico, o por el cabello grasoso que le cubría la frente, sino por el par de burritos que le ofrecía aquel extraño pasajero. La madre, de un rostro ligeramente moreno, le agradeció con una breve sonrisa de labios apretados y el Orgánico volvió satisfecho a su asiento sin decir palabra. En ese instante confirmó que su guía espiritual estaba en lo correcto: para encontrar paz interior y satisfacción personal, era necesario hermanarse con su gente.

A diferencia de algunas de sus amistades más cercanas, al Orgánico no le había sido revelado el verdadero significado de la vida, ni el camino correcto que debía seguir para alcanzarlo, a través de la televisión. El primer contacto con su guía espiritual ocurrió en un hospital siquiátrico en donde estuvo internado luego de su tercer intento fallido por acabar con su existencia. Fue en la portada de Inner Harmony de noviembre de 1999 en donde vio por primera vez el saludable rostro del Integral. El encabezado, escrito en letras de color azul y blanco que se fundían con la cabeza rapada del Integral, glorificaba la vida del personaje por haber alcanzado setenta y nueve puntos verdes, solo a uno de la marca de perfección que un ser puede conseguir, de acuerdo con algunas creencias veganas. Del Integral, según el editor de la revista, además de la palpable salud física, irradiaba plenitud espiritual y armonía interna conseguidas a través de su rigurosa dieta y prácticas sensibles.

El resto del trayecto hacia Reynosa no tuvo mayores complicaciones, con la excepción de que, en lugar de llegar a la ciudad mexicana, el autobús finalizó su recorrido en McAllen, lo cual provocó que el Orgánico se viera forzado a cruzar a pie la frontera. En ese momento, su sueño de viajar en La Bestia, transporte que lo hermanaría con todos los migrantes provenientes del sur, fue pulverizado por los agentes de migración mexicana quienes le exigieron comprobar su nacionalidad y, al no conseguirlo, fue deportado en avión hacia Panamá después de que confundieran su acento andino con el de un centroamericano.

En el vuelo viajaban ciudadanos hondureños, guatemaltecos, salvadoreños y unos cuantos panameños. Había además algunos mexicanos del estado de Chiapas, quienes habían extraviado sus documentos que declaraban su nacionalidad y que, al no hablar español ni haber asistido jamás a la escuela, fueron incapaces de entonar el himno nacional como prueba de mexicanidad. El día era mayormente soleado, con alguna que otra nube en el cielo, y el vuelo transcurría sin mayores sobresaltos. Apenas se hacía sentir alguna leve turbulencia que arrullaba a los pasajeros. Algunos de ellos reían al contar algún chiste sexual o entristecían al confesar que sus hijos o parejas habían quedado atrás. La mayoría, no obstante, permanecía en silencio, con el asiento reclinado y la mirada perdida.

El Orgánico tenía una sensación de extrañez que no podía explicarse y durante la primera parte del trayecto solo movía la cabeza para indicar si deseaba un poco más de agua. Por seis meses había considerado dejar Los Ángeles para regresar a su tierra y construir una vida nueva al lado de su gente. Sin embargo, durante el vuelo se dio cuenta de que tenía dificultades para convivir con ellos y no era del todo capaz de comprender las problemáticas que padecían. Se arrepintió de no haber aprovechado los más de diez años que residió en la ciudad para conocer a los diversos grupos hispanos de Los Ángeles. Recordó cómo solo en una ocasión habló con un inmigrante salvadoreño cerca de la avenida Vermont para preguntarle por direcciones hacia el Staples Center en donde se disputaba el último partido de las finales de básquetbol.

Durante la segunda mitad del vuelo, el Orgánico adquirió valor y saludó a su compañero de al lado, un tipo de piel clara, que medía cerca de un metro ochenta y pesaba escasos sesenta kilogramos. El hombre le contó que era de origen hondureño y que sus amigos lo llamaban Oscarín. Antes de ser detenido por la policía de Los Ángeles con la excusa de haber comprado una bicicleta robada, hecho que a la postre provocó su deportación, Oscarín había trabajado como cocinero en un restaurante argentino en el vecindario de Brentwood, donde cumplió por dieciséis años con turnos de doce horas diarias, seis días a la semana. Todas las mañanas debía tomar dos autobuses para desplazarse por hora y media desde China Town hasta su trabajo, y repetía la misma rutina por las noches. Dormía entre cinco y seis horas diarias. "Pero el trabajo no estaba mal," le dijo Oscarín. Los lunes, que eran sus días libres, salía con sus tres compañeros de cuarto a pasear al centro y aprovechaba para enviar dinero a su país. Por las tardes, solían ir al parque cerca de su casa a jugar fútbol o un juego de cartas. "Sin apostar," aclaró Oscarín. El Orgánico le preguntó si no tenía familiares en Los Ángeles y Oscarín le respondió que no. Tenía esposa y una hija de dieciocho años que había dejado en Cabañas, con las cuales se reencontraría después de su travesía por tierras angelinas. Por varios años había prometido volver a casa, pero el deseo de su hija de ir a la universidad se lo había impedido. "Por fin cumpliré mi promesa," dijo Oscarín con una sonrisa más bien forzada.

El Orgánico se sintió en confianza con Oscarín y decidió entonces narrarle su historia:

—Yo, como mi padre y el padre de mi padre, nací en Bolivia. En el altiplano cerca de Potosí. Somos de una aldea de no más de doscientos habitantes. Entre nosotros, todos nos conocemos, somos familia. Llegué a Los Ángeles a principio de los años noventa siguiendo a un cazador de talentos que fue a observarme en mi aldea y me prometió el cielo. Me dijo que, con mis características físicas y nutrientes, no habría quien pudiera competir conmigo. Me haría una estrella al tocar suelo angelino. Y así fue. Durante casi una década la gente me adoró. Me sentía intocable, aunque en realidad todos me manoseaban. En una ocasión aparecí en primera plana en la revista People. Fui fotografiado sobre la alfombra roja del Egyptian Theatre portando un hermoso esmoquin color blanco y una camisa rosada. Estaban junto a mí las mellizas Gaia y Tony, quienes lucían trajes idénticos en color rojo y círculos violeta. Todo, sin embargo, se echó a perder. Primero llegaron los Non-GMOs. Luego fueron los Gluten-Free y Natural Foods. Y después los Fair-Trade se convirtieron en la novedad. Hasta que vino la arpía de Kale y fue coronada como reina al pertenecer a cada una de esas categorías. Yo ya no estaba de moda, ni era tan saludable como antes. Desde su mansión en Malibu, Kale dirigió una campaña en mi contra. Su eslogan era: "Enough is Enough: Look Beyond Organics". Y la gente la escuchó. De repente un día me expulsaron del Organic Marquet como si fuera un desconocido. El maldito lugar fue fundado en mi honor y se atrevieron a echarme. Incluso mi ex, a quien apodaban la Lentejita, me dio la espalda. Anduve vagabundeando por las calles. El semanario Bella Vita de Mar Vista publicó una fotografía mía a finales de los noventa en la que aparezco descalzo y con un labio roto, sentado sobre la acera frente a un restaurante vegetariano ubicado en la calle Tercera de Santa Mónica, mientras una mujer rubia en traje deportivo intenta esquivarme saltando por encima de mis piernas. Después de tal humillación intenté acabar con mi vida, pero la suerte lo impidió. Conocí a mi guía espiritual, el Maestro Integral, quien a través de sus amorosas cartas me hizo reaccionar ante la vida que había llevado hasta entonces. Me dijo que era necesario abandonar toda esa inmundicia y regresar a casa. A pesar de mis penas y mis excesos, todavía me quedaban memorias de aquella rica y bella tierra del altiplano. "Debes regresar," me aconsejaba el Integral. "Ve y camina entre los tuyos, goza de ese aire puro y transparente." Y aquí voy, rumbo a mi tierra, con la esperanza de volverla a ver y en ella madurar.

En Panamá, el Orgánico estuvo más tiempo del que hubiera deseado. Recién llegado, los agentes de migración lo despojaron de los dólares que le quedaban. El jefe del grupo, además, le arrebató la bolsa de piel color magenta argumentando que sería un excelente regalo para su aniversario de bodas. Después de salir del centro de higienización, donde lo gasearon por cinco minutos junto al resto de migrantes, el Orgánico se despidió de Oscarín con un abrazo y le deseó un buen reencuentro con su familia. Posteriormente se dirigió hacia la Zona del Canal. Allí encontró trabajo como empleado de limpieza y se mantuvo en su puesto por un mes y medio hasta que consiguió que un barco carguero estadounidense proveniente de Miami lo llevara a Lima a cambio de servir como cocinero.

Con los pocos ahorros acumulados gracias a las labores de limpieza, más las propinas recibidas en el carguero, en Lima tomó un autobús que lo llevó hasta La Paz y de ahí partió hacia Potosí, en donde se hallaba su aldea originaria. El autobús hacia Potosí se movía a paso lento por la empinada carretera. En un momento, el Orgánico contempló los extensos cultivos de quínoa en el altiplano y quedó impresionado con aquella variedad de tonalidades que iban desde un intenso rojo, pasando por el naranja y terminando en un suave rosado. Se sintió agradecido por estar tan cerca de casa e imaginó cómo sería recibido por todos los pobladores de su aldea.

En Potosí compró una llama y montó durante dos días y dos noches sin detenerse a beber agua. Como avanzaban las horas y se adentraba en terreno conocido, notó los cambios que habían ocurrido: aquel era un panorama mucho más escueto, solitario y triste. No había visto, además, a ningún aldeano laborar la tierra.

Amanecía en el altiplano cuando el Orgánico vislumbró la silueta de su aldea. Ahora más que nunca podía imaginar nítidamente la forma en que gastaría el resto de sus días en la aldea transformando su vida y la del resto de los pobladores.

Sus fantasías, sin embargo, terminaron en el mismo instante que entró a la aldea. En lugar de aquel florido y alegre lugar que imaginaba, se halló frente a un terreno semidesértico, polvoso. Las tierras a su alrededor habían sido abandonadas. Las viejas casas de madera, ordenadas en dos filas paralelas, yacían sobre el suelo con la excepción de una que se ubicaba justo en el centro de la aldea. El Orgánico entró a la casa y vio a una vieja agonizando tendida sobre un camastro, quien le narró lo que había sucedido: desde hacía más de un año, los doce pobladores que sobrevivieron a la última sequía habían emigrado a la ciudad. El resto había perecido de hambre luego de que sus tierras fueran devastadas por la erosión provocada por el monocultivo.

Sin pronunciar palabra alguna, el Orgánico salió de la choza y volvió a contemplar la imagen desolada de la aldea. Suspiró, cayó de rodillas y quedó petrificado con la mirada fija hacia el norte.

Metro 720

$\mathcal{M}$ÁS ALLÁ DEL IRRITANTE TRÁFICO, UN detalle que suele vincular a los residentes angelinos, y que provoca la envidia de más de un forastero, es el clima benévolo de su ciudad. Aquel día 20 de noviembre, sin embargo, un vientecillo fresco se dejó venir desde el Pacífico cubriendo la zona oeste. Por temor a estropear sus ropas en una banca pública, Sebastián Valdivia resistía de pie abrigado con un saco de lana en tono azul marino, un suéter beige de cuello alto que rozaba su boina francesa y una bufanda tejida a mano adquirida en su última estancia en Londres. El joven estudiante de posgrado, matriculado en la escuela de negocios de la Universidad de California, se encontraba en la intersección de las avenidas Wilshire y Westwood, junto a la parada del autobús Metro 720 que se dirigía hacia Downtown LA.

Sebastián, quien se proponía crear la teoría definitiva que refutara los aportes de las microempresas a las economías nacionales del Tercer Mundo, detestaba la idea de subir "a ese autobús maloliente, colmado de trabajadores sudorosos y vagabundos que, sin pagar impuestos, se atrevían a viajar gratis y ocupar medio autobús con su bolsería repleta de porquerías." La culpa la tenía su colega Pepe Cuesta, estudiante de historia auspiciado por una beca del gobierno mexicano, por haberlo convencido de asistir a una ponencia que se impartiría en la Biblioteca Central a propósito del Bicentenario de la Revolución Mexicana. La ponencia, titulada "El problema de la tierra en el pensamiento de Emiliano Zapata," sería pronunciada por una maestra normalista del estado de Guerrero. En lugar de escuchar esa ponencia, Sebastián habría preferido sentarse en la charla sobre "Los principios económico-democráticos en la familia Madero," impartida por un prestigioso politólogo de la Ciudad de México. Además de parecerle "más interesante (y útil)," no había necesidad de hacer ninguna donación como método de pago, "que seguramente terminaría en las manos de algún maestrillo guerrillero."

El reloj marcaba ya las ocho y cuarto de la noche. Sebastián había estado esperando por cerca de veinte minutos a su colega y estaba a punto de regresar a su dormitorio, cuando Pepe apareció sonriente, vestido con un ligero traje deportivo del equipo de futbol de la UNAM. Al verlo doblar la esquina, Sebastián se preguntó por qué había aceptado la invitación para acompañarlo. Enseguida pensó que, "por su origen (y quizá por su tono de piel)," el Metro 720 debía ser el transporte ideal para Pepe. El mexicano levantó la mano para chocarla con Sebastián, pero este lo evitó indicándole la llegada del autobús.

"Pésima suerte," murmuró Sebastián. Sábado por la noche y el autobús se encontraba repleto de gente. Algunos pasajeros que iban de pie, la mayoría de ellos cubiertos con playeras delgadas, volvían a casa después de haber completado su jornada laboral en los restaurantes de la zona del oeste y aprovechaban para llamar por teléfono a sus familiares que se habían quedado en sus países de origen en la región centroamericana o en el sur de México. Pepe iba encantado escuchando la plática de tres mujeres que discutían en voz alta las tareas domésticas que les habían sido asignadas aquel día; la más vieja de ellas, una señora que pasaba de los cincuenta años y no alcanzaba el metro cuarenta de estatura, se quejaba de haber tenido que abrigar al perro de la familia antes de salir a pasearlo por las calles de Santa Mónica; la más joven del grupo, con escasos veinte años y una larga cabellera negra, se alegraba de que su patrona prefiriera las aves exóticas que solo necesitaban de una calefacción especializada que las empleadas debían encender en los días frescos. La tercera mujer se reía a carcajadas al escuchar las ocurrencias que tenían las dueñas de casas en el oeste de Los Ángeles. De vez en cuando, volteaba hacia donde se encontraba Sebastián y le mostraba su sonrisa en la que faltaban tres dientes; el joven optaba por contemplar las lujosas fachadas de los hoteles angelinos.

Por Wilshire transitaban pocos coches y por las aceras todavía menos gente. El chofer del 720 conducía a buena velocidad y aceleraba con furia en cuanto veía la luz verde de los semáforos; los pasajeros a bordo se balanceaban sujetándose de los tubos de metal. Al subir al autobús, apretados entre los demás pasajeros, Sebastián y Pepe se habían acomodado al lado de la puerta trasera. Huyendo del escaso viento que se colaba en alguna de las paradas, y de los pisotones de un mochilero que se dirigía hacia Union Station, en cuanto tuvieron oportunidad, se desplazaron hacia la parte frontal del autobús. En el cruce con la avenida Fairfax bajaron más de una docena de personas, entre ellos, algunos jóvenes de preparatoria en shorts y playeras de tirantes que probablemente se dirigían hacia la zona del Grove en busca de diversión. Tres paradas más tarde, en la zona de Koreatown, descendieron dos de las trabajadoras domésticas y la mayoría de los cocineros.

Sebastián y Pepe encontraron un asiento cerca del conductor. Frente a ellos, iban dos pasajeros cuyas pertenencias totales se hallaban contenidas en tres bolsas de plástico. El primer pasajero era un hombre afroamericano de aproximadamente sesenta años, de barba escasa y cabellera enredada que podía observarse bajo una gorra de los Tigres de Detroit. Llevaba puestos unos jeans rotos y por la abertura podían observarse múltiples cardenales sobre sus piernas. El hombre dormitaba recargado sobre la parte posterior del respaldo del asiento del conductor y de vez en cuando se estremecía como si tuviera un mal sueño. La otra pasajera, una mujer de cabellos rubios que no tardarían en blanquearse, con el rostro marcado por picaduras alrededor de las cejas y el labio superior, se mantenía despierta, con la vista clavada en el piso grasoso del autobús.

Frente a MacArthur Park, el autobús frenó violentamente a causa de la acumulación repentina de tráfico provocada por un hombre que permanecía sentado sobre el carril derecho acariciando a su perro. En ese instante, de la mujer rubia surgió un ruido (a Sebastián le pareció escuchar un gruñido). En seguida alzó el brazo derecho y lo dejó caer con fuerza hasta aplastar un ordinario vaso de café que había rodado hasta ella. Luego levantó la cabeza y fijó su mirada en el rostro de Sebastián. Más que rabia, su mirada mostraba confusión. Instintivamente, el economista apoyó su brazo sobre el metal del asiento con la intención de levantarse. En ese momento, se imaginó siendo víctima de una escena más de esquizofrenia en las calles de Los Ángeles. Pepe lo sujetó del brazo izquierdo y lo invitó a conservar la calma. Sebastián murmuró: "No hables fuerte, mantén la espalda recta y las piernas ligeras. Si parecemos más altos, no se atreverá a atacarnos." Pepe aguantó la risa y se mantuvo firme para mostrarle apoyo moral a su colega. Después de unos segundos, la mujer retiró su mirada.

La vieron hurgar por un rato en la bolsa interior de su suéter hasta que encontró lo que buscaba. Volvió a levantar la vista y Sebastián se mantuvo alerta, preparado para salir corriendo o lanzar algún puntapié a modo de defensa.

Con toda delicadeza, la mujer sacó un pañuelo con el diseño de una paloma que portaba una rama de olivo sobre el pico; hizo a un lado la manta floreada que le cubría las piernas y se levantó de su asiento como en cámara lenta. Sebastián permaneció helado mientras Pepe seguía sonriendo. La mujer dio dos pasos al frente, mostrando sus tobillos inflamados que parecían estar a punto de estallar, extendió su brazo derecho y Pepe alcanzó a distinguir lo que parecía ser una quemadura en la palma de su mano. La mujer depositó el pañuelo sobre las piernas de Sebastián y mantuvo su mirada sobre los ojos claros del estudiante, a la espera de que este se atreviera a descubrir el contenido del pañuelo. Desconcertado, Sebastián giró el rostro para observar a Pepe, quien arqueó las cejas y bajó la vista hacia donde se encontraba el pañuelo. La mujer seguía observando a Sebastián, pero su aspecto se había transformado; ahora podía verse una dulce sonrisa en su rostro. Sebastián cobró valor y desdobló el pañuelo hasta encontrar dos billetes arrugados de cinco dólares. Bajo los billetes, se hallaba un viejo recorte de periódico en el que se observaba la imagen de un negocio envuelto en llamas.

—Pensé que después de haber salido de Richmond, jamás volvería a estar a tu lado, hijo. La última vez que pude verte, aún no habías cumplido los nueve años. Recuerdo bien aquella mañana de finales de noviembre; había nevado la noche anterior, pero el sol inundaba los ventanales del porche de aquella que había sido mi casa. Yo te contemplaba desde la acera de enfrente. Por un instante, dirigiste tu mirada hacia donde me encontraba, pero me oculté tras el árbol de navidad de los vecinos. Tu padre no me habría permitido acercarme a ti después del incidente en la cafetería. Te recuerdo con esa misma bufanda, tu favorita, que yo misma había tejido el año anterior. Me alegra verte de este modo, vestido tan elegante; aunque no deja de sorprenderme que los inviernos en Indiana no te hayan preparado para este insignificante frío de Los Ángeles. Veo que has superado los prejuicios de tu padre y has hecho amigos nuevos. Yo también lo he logrado. Si él me viera junto a este hombre que duerme a mi lado, quien me cuenta historias por las noches y me canta himnos al despertar, terminaría encerrado en un manicomio después de derribarnos a palos.

Sí, lo acepto; haber provocado el incendio en nuestra cafetería fue un grave error. Pero la culpa la tuvo tu padre. Su cobardía le impidió luchar por lo nuestro; por lo que ahora sería tuyo, hijo. Si tan solo hubiera peleado como lo hizo al despojarme de la casa, todo habría sido distinto. Yo tuve que hacerlo por nosotros. No iba a permitir que nuestro esfuerzo (y el de tu abuelo) fuera en vano. Imaginar que la cafetería acabaría en las manos de un monstruo deforme como es el gobierno, que seguramente la repartiría después entre políticos corruptos e infieles como tu mismo padre, me dio el ánimo para emprender la tarea. ¿Perderlo todo por unos cuantos impuestos atrasados? Seguramente nosotros no éramos los únicos, aunque sí de los más humildes comerciantes en la ciudad. Jamás se habrían atrevido a hacerlo con los poderosos.

Pero del gobierno no se puede esperar demasiado. De tu padre, sin embargo, esperaba algo más. Haberse atrevido a denunciarme fue un movimiento bajo. Mejor hubiera sido que se largara hacia las costas junto al otro, pero no tuvo el valor de rebelarse. Me enteré de que cada domingo siguió asistiendo a los sermones junto a aquella mujer que hacía pasar por su pareja después de nuestro divorcio y mi reclusión.

Te busqué; te juro que te busqué desde el primer día que volví a ver la luz de la calle. Pero ya no estabas en la ciudad. Supe que, después del accidente de tráfico provocado por el exceso de alcohol que terminó con la vida de tu padre, los trabajadores del gobierno te recluyeron en alguno de esos lugares para niños huérfanos. Me prohibieron verte y perdí tu rastro después del último traslado.

También he perdido la cuenta del tiempo que llevo en las calles. A veces siento que toda mi vida ha transcurrido entre callejones y cestos de basura. Por lo menos aquí no hay que ocultarse de la nieve. Cuando en Richmond nos forzaron a subir en aquel autobús que parecía caerse a pedazos, pensé que te perdería para siempre. Pero aquí estamos, frente a frente después de tantos años. Sí, míralo con cuidado; es el pañuelo con el que tu abuelo secó tu cabeza después de bautizarte. ¿Te gusta? Puedes quedarte con él, ha terminado ya su recorrido de miles de kilómetros hasta encontrarte.

La bocina automática del Metro 720 anunció la siguiente parada en las calles 6th y Hope.

Sebastián empuñó los billetes y los depositó en el bolsillo de su saco de lana; mientras se dirigía hacia la puerta de salida, arrojó el pañuelo al aire y descendió del autobús junto a Pepe sin mirar atrás.

El pañuelo cayó sobre el rostro de la mujer y lentamente se deslizó hasta terminar manchado sobre los restos del café que minutos antes había sido aplastado.

La mujer postró su mirada sobre el piso y se mantuvo inmóvil. En ese instante, el hombre afroamericano despertó de su sueño y tocó suavemente los hombros de la mujer. Al verse a los ojos, intercambiaron una sonrisa.

Antes de entrar a la conferencia, Sebastián le indicó a Pepe que él invitaría. Sacó un billete arrugado de cinco dólares y lo depositó en la caja de donaciones. Con los otros cinco, compró para él un chocolate caliente y un par de panecillos de arándanos que disfrutó mientras los demás escuchaban la charla sobre "El problema de la tierra en el pensamiento de Emiliano Zapata."

Con licencia

*P*UEDO IMAGINARME SOBRE UN ASIENTO DE primera clase en un avión de doble piso, con capacidad para quinientos pasajeros, cruzando el atlántico de noche y con los primeros rayos de sol contemplar desde las alturas el Coliseo, el Estadio Olímpico y, por supuesto, la sede del Vaticano que visitaría no por motivos religiosos, sino culturales. ¡Ah, qué belleza de museo! ¡Qué elegancia la Capilla Sixtina!

Sí, sería lindo.

El vuelo de doce horas no tendría mayor efecto en mi persona; con la espalda recta y la vista en el horizonte, descendería por la escalera portando un abrigo de lana de alpaca, un sombrerito ruso de pieles y unos guantes térmicos (el otro día vi un par a muy buen precio en Los Callejones, al lado de Downtown LA). Luego de que el chofer acomodara las tres maletas que me harían compañía durante las dos semanas de estancia en el viejo continente, subiría a la limosina y bebería una copa de Prosecco acompañada de unas rebanaditas de queso pecorino con miel, todo, bajo la dulce voz de Bocelli entonando "Miserere."

Me hospedaría en la zona del Castel Sant'Angelo, a escasos minutos del Vaticano. Con pase VIP, entraría a la Capilla al amanecer y podría observar las exquisitas piezas etruscas de los museos vaticanos. Sin preocuparme de la multitud, me entregaría a la contemplación de las figuras humanas creadas por Michelangelo y pasaría horas frente a la escultura de La Piedad recorriendo con mis ojos cada detalle del cuerpo de María.

Sí, sería lindo.

De camino al Coliseo me detendría en el Panteón y me quedaría inmóvil debajo de la gran cúpula. Al salir de aquel recinto de granito, caminaría por las estrechas calles empedradas y no pararía hasta tomarme una fotografía bajo el arco de Constantino. Me veo cruzar la puerta principal del Coliseo, subir por sus anchas escaleras de roca ancestral y acariciar sus paredes y sus rejas. Sí, estoy ahí, en el último piso, observando desde las alturas la arena donde los antiguos romanos solían ejecutar a los esclavos y los condenados. Si todavía existieran, seguramente ejecutarían también a los inmigrantes.

No, eso no sería lindo.

¡Lo lindo sería que el bendito congreso pasara la ley que nos permitiera tener licencias de manejo! Sí, y luego, residencia legal. Y, finalmente, pasaporte.

Ah, sí, eso sí sería lindo…

El día de graduación

—*D*ON HILARIO, BAJE ESA MÁQUINA VIEJA
y póngala bajo aquel limón porque va a seguir duro el calor.
Tráigase la más nueva que está junto a las lavadoras, pero antes
de subirla dele una buena despolvada. Por ahí debe andar un
botecito con grasa; agarre ese trapo viejo y sáquele brillo a la
empuñadura y al motorcito. Hoy tiene que apantallar.

—¿Y por qué tanto relajo, Migue, quiere apantallar a
doña Cruz? Si apenas sale pasto en su yarda.

—No, don Hilario, este día es especial. A doña Cruz la
dejamos para otra ocasión.

—¿Y eso?

—Hoy nos vamos a graduar en este negocio de las
yardas.

Miguel había recibido la llamada la noche anterior. Una
voz en inglés que a él le costó entender, no por el idioma sino
por la entonación que le recordaba las canciones de Britney
Spears, le pidió concertar una cita en su domicilio localizado
en la ciudad de Costa Mesa, suburbio de Orange County a
escasos kilómetros de la costa del Pacífico. La mujer estaba
interesada en los servicios de jardinería de Miguel. Por fin las
tarjetas de presentación habían dado su fruto. Al parecer, Mr.
Soto, un maestro de secundaría y antiguo cliente de Miguel, le

había proporcionado a Kelsey el contacto del jardinero de Pico Rivera.

Por más de una década, luego de cruzar la frontera por el monte y trabajar como obrero en una fábrica de baterías para coches durante sus primeros ocho años, Miguel se había dedicado al negocio de la jardinería en las pequeñas ciudades del este de Los Ángeles; su territorio abarcaba una extensión de no más de setenta kilómetros de largo que comenzaba hacia el oeste en West Covina y terminaba en San Bernardino. Sus clientes provenían mayormente de vecindarios mexicanos en las ciudades de Pomona, Ontario, o Colton, ubicadas a lo largo de la autopista número diez. En contadas ocasiones algún cliente de ascendencia asiática o anglosajona había requerido sus servicios temporalmente. A este tipo de clientes, según Miguel, podía cobrárseles honorarios más altos; eso sí, tendían a quejarse demasiado por detalles más bien menores: el suave rumor de los aspersores solía perturbar su sueño los sábados por la mañana, el color de una maceta que no combinaba con el resto, los irritaba, al igual que tener que pagar por costos adicionales no incluidos en la manutención del jardín, como la plantación de algún naranjo o la poda de una vieja toronja.

—Pues vámosle dando, don Hilario. La podadora quedó como para regalo; solo le falta el moñito. Hay que bajar por toda la autopista cinco y de ahí le damos hacia la costa por la cincuenta y cinco. Esa nos lleva derechito hasta donde vamos. Con este tráfico deberíamos estar en Costa Mesa en una hora.

—Pues písele, que usted lleva el volante, Migue.

—Ah, todavía me acuerdo cuando empecé en esto, don Hilario. Luego de dejar la fábrica que ya me tenía hasta el copete, anduve como usted anda aquí, de ayudante con mi primo el Juanga. Él ya tenía rato en esto de la yardiada y me echó la mano de a poco. Primero me entrenó con lo de las máquinas y luego me dijo cómo hacerle para rentarlas en las tiendas. Así empezó él, no tenía dinero ni para comprar un azadón, pero con su buen trabajo fue haciendo clientela en los pueblitos de alrededor. Tuvo buen tino en aprender bien el inglés, yo lo mastico como puedo luego de las clases en la escuela de adultos, pero él lo aprendió bien. Ya ve, ya no nos hace la competencia aquí en la zona desde que se mudó a su casa nueva en Corona, ya solo trabaja en Fúlerton y Anajáin. Ya verá, don Hilario, lo difícil es amarrar el primer cliente en una buena zona y luego van cayendo los demás. Le aseguro que, en menos de un año, nos cambiamos para la Mesa.

—Pues si tú lo dices, hijo. Pero primero vamos a ver si pega el negocio con esta mujer.

—Tiene que pegar, se escuchaba muy animada. Mr. Soto le dio muy buenas referencias de mi trabajo.

Para su sorpresa, aquella mañana de miércoles el tráfico se movía de manera ligera en las autopistas del sur de California. Miguel e Hilario condujeron por tres cuartos de hora hasta llegar a Costa Mesa. Apoyándose en el navegador GPS que recientemente había comenzado a utilizar siguiendo los consejos de su primo Juanga, la camioneta de Miguel llegó hasta la dirección de Kelsey. Aquel era un vecindario con casas de dos y tres pisos, algunas de ellas con pequeñas torres que imitaban los castillos de Disneyland; abundaban los amplios jardines frontales mantenidos impecablemente y los rosales blancos que hacían juego con las bajas cercas; más de un garaje se mantenía abierto sin la presencia de su dueño. A la distancia, en los jardines traseros se veían las bombas de agua para piscina. Las palmeras adornaban toda la calle.

—¿Cómo le quedó el ojo, don Hilario? Comunidad cercada y toda la cosa. Le dije, hoy nos graduamos en este negocio.

—Pues se ve bien, Migue. Esta gente es de billete. ¿Bajamos?

—No, todavía falta un rato. Quedamos a las diez en punto.

Para aprovechar el tiempo, Miguel decidió conducir por un rato y conocer la zona. En pocos minutos se encontraron frente a Balboa Island.

—¿Se imagina, don Hilario, si esta gente en lugar de estacionamiento para sus yates tuviera yardas? ¡Haríamos el negocio de nuestra vida!

Subieron por la carretera número uno que corre por la costa californiana hasta que Hilario observó a lo lejos una larga playa que a esa hora se encontraba semivacía. Le pidió a Miguel tomar la siguiente salida de la autopista y minutos más tarde pudieron contemplar las grandes olas que iban a morir hasta las arenas blancas de Newport Beach. Se mantuvieron en silencio por un rato, hipnotizados por las distintas tonalidades azulinas del mar.

—¿Cómo ve, Migue?

—No, don Hilario. No hay tiempo para esas cosas, venimos por cuestión de negocios.

—Yo nunca he tocado el mar.

—Ya somos dos, don Hilario. Yo lo había visto por la zona de San Diego el año que crucé para este lado, pero tampoco hubo chance.

La hora de la cita se acercaba y Miguel e Hilario se dirigieron hacia Costa Mesa. Al llegar a la casa, Miguel se estacionó de reversa para que Kelsey observara sus herramientas de trabajo; en particular, la podadora que relucía con el sol, que a esa hora comenzaba a calentar ligeramente la parte interna de la camioneta.

Tocaron a la puerta, pero nadie les abrió. Luego de esperar por cinco minutos, un hombre pálido de unos cincuenta años que iba en calzoncillos y camiseta blanca de tirantes abrió la puerta para indicarles que su novia no tardaría en regresar.

Se acercaba el mediodía y ni rastros de la señora Kelsey.

—Paciencia, don Hilario, paciencia. No olvide que hoy comenzamos una nueva vida.

—¿Nueva vida? ¿Ya se nos convirtió usted también, Migue?

—Qué pasó, don Hilario, yo no soy de esos religiosos. Mi negocio son las yardas. Como le dije, lo difícil es pescar el primer cliente; los demás se van a dejar venir como las moscas a la miel.

Se hizo la una de la tarde y todo se mantenía tranquilo, con la excepción de los nervios de Miguel. El sol del verano comenzó a sentirse con más fuerza en la camioneta y el hambre despertó los estómagos de los jardineros.

—¿Le entramos al lonche, Migue?

—Yo prefiero esperar, don Hilario; no sea que la mujer no tarde en llegar. Pero usted póngale si ya no aguanta.

Cuando Hilario había terminado de comer, salió el novio de Kelsey para indicarles que ahora sí ya no debería tardar; la mujer se encontraba en una estética latina de Santa Ana en donde le hacían sus "depilaciones más baratas".

Seguían pasando las horas. Miguel se había terminado su burrito de huevos con chorizo desde hacía rato y tomaba una bebida energizante para mantenerse alerta (otro consejo de su primo Juanga).

A las tres y media vieron a una vecina en bata asomarse por la ventana del segundo piso y llamar a alguien por teléfono. A las tres cuarenta y cinco escucharon la sirena de una patrulla que llegó hasta donde estaban estacionados. Enseguida arribaron tres patrullas más. En ese instante, descendieron del primer coche dos policías, uno rubio y el otro pelirrojo, con gafas oscuras y pistolas en la mano. Miguel e Hilario observaron por el espejo retrovisor cómo el resto de los policías comenzaron a rodear la manzana.

—¿Habrá un robo, Migue?

—Quién sabe, don Hilario. Deje y toco otra vez la puerta para preguntar por la señora Kelsey.

Antes de que Miguel pusiera un pie fuera de la camioneta, escuchó por el altavoz la orden de que se mantuvieran sentados con las manos en el aire. Los dos policías se acercaron lentamente apuntándoles con las armas.

—What's your business here? Are you selling drugs to the kids?

—¿Qué dice el hombre, Migue?

—Está loco, dice que si vendemos drogas.

—Pues contéstale que no.

—We don't sell nothing sir. We cut the yards.

—I'm sure this is a trick. They probably use it as camouflage. Let's register the truck.

Mientras les exigían descender del vehículo manteniendo las manos en alto, el novio de Kelsey, todavía en calzoncillos, salió tranquilamente de su casa para informarle a Miguel que Kelsey había contratado a otro jardinero de la ciudad de Santa Ana. Los policías le preguntaron a Hunter si conocía a esos dos hispanos y este contestó que él no, pero su novia los había llamado para una consulta sobre jardinería.

Tendidos boca abajo sobre la acera frente a la casa de Kelsey, Miguel e Hilario quedaron parcialmente desnudos mientras los policías registraban sus pertenencias. Luego de no encontrar nada extraño en sus ropas, los policías subieron a la camioneta y arrojaron hacia el suelo todas sus herramientas, incluida su brillante podadora que terminó con las cuchillas rotas.

Antes de dejarlos ir, les advirtieron de andarse con cuidado y no volver a poner un pie en el vecindario.

A las cinco de la tarde, luego de levantar sus maltrechas herramientas de trabajo, Miguel e Hilario condujeron rumbo a la autopista cincuenta y cinco, pero en vez de dirigirse hacia Pico Rivera, tomaron la entrada que llevaba al suroeste. Siguieron hasta encontrarse con la carretera número uno y terminaron en el mismo estacionamiento frente al mar de Newport Beach. Descalzos bajaron de la camioneta y, remangándose los jeans hasta las rodillas, caminaron hacia el mar.

Mientras los jardineros cruzaban la playa, dos mujeres recostadas sobre la arena intercambiaron entre ellas una mirada de sorpresa. Miguel e Hilario alcanzaron a escuchar: "Did you see those guys? Oh my gosh, at least go to Walmart and get yourself a pair of shorts!"

—¿Qué dicen, Migue?

—Qué les gustan mucho nuestros trajes de baño, don Hilario.

Esa tarde no hubo graduación, pero por primera vez en su vida, Miguel e Hilario sintieron el abrazo salado del mar sobre sus cuerpos largamente bronceados en las yardas californianas.

El Gigante dormido

A Francisco Jiménez y a las nuevas generaciones que siguen sus huellas

*E*N REALIDAD, DUERME POCO Y NO A CAUSA del insomnio; cumple jornadas laborales de 10 horas; gasta 2 + camino al trabajo y 2 + de regreso; recoge a sus hijos de la escuela, hace la compra y prepara la cena: 3 +. Can you count?

Lucky Dog

*D*ESPUÉS DE CONSUMIR MEDIA BOTELLA DE champaña, Stephen del Castillo Blackstone hizo a un lado su copa, apoyó su espalda contra el muro de ladrillos del almacén y continuó con su argumento:

—I'm telling you, dude, you're lucky. You don't even have to move a muscle to land a job. Tú lo único que tienes que hacer es levantarte de madrugada, que tampoco debe ser demasiado difícil si lo has hecho desde niño; preparar un simplísimo lonche que no ha de ser otra cosa que dos miserables burritos de frijoles con huevo; y salir del mobile home que alquilas y que ni siquiera tienes que limpiar tú solo porque tus cuatro roomies te ayudan. Lo demás es solo pararte a esperar aquí tranquilamente durante horas. ¿Cuántas? ¿Diez? ¿Máximo doce? Puff, eso no es nada. Te digo, you're lucky. I wish I could be like you.

Si supieras el calvario que yo debo aguantar, verías lo afortunado que eres y no te quejarías tanto de tu condición. Para empezar, a mi nadie me guió hasta Los Ángeles como seguro que lo hicieron contigo cuando cruzaste la frontera de México y luego la de Estados Unidos. Yo tuve que hacerlo por mi cuenta. Desde muy jovencito salí de la bella ciudad de Bakersfield, joya del Valle de San Joaquín, siguiendo mis sueños de fama y gloria. Y nada de subir al tren como muchos de ustedes, ese que le dicen La Bestia por la velocidad en la que se mueve. ¿Conoces el *Greyhound*? Yo tuve que subirme a uno de esos endemoniados autobuses que no cuentan con aire acondicionado. Durante el trayecto de dos horas sudé como nunca lo había hecho en mi vida, ni siquiera durante los entrenamientos para porristas en la Junior High. ¿Y cuántas de mis preciadas pertenencias crees que me vi obligado a dejar atrás? Seguro que ustedes en ese tren tienen espacio de sobra, pero para mí fue diferente. El maloliente chofer me permitió traer solamente una maleta en la parte de abajo, de las grandes, por supuesto, y dos mochilas conmigo. Todavía recuerdo con alguna lágrima la secadora de cabello que dejé en la casa de mis padres. Me hicieron empacarla en una pobre caja de cartón que luego arrojaron en el tercer garaje. ¿Qué, pensabas que me iban a guardar el espacio? En cuanto crucé la puerta, mi habitación se convirtió en el estudio de manualidades de mi madre, vieja antipática. Te aseguro que tus cosas más valiosas, que por otro lado tampoco han de ser muchas, las conservan impecablemente tu mujer y tus hijas en el mismo lugar que las dejaste. Así es la vida, dude, a algunas personas les va mejor que a uno.

Te decía, tú no tienes que mover ni un músculo para conseguir trabajo, solo tienes que estar aquí paradito. ¿Y si llueve? Puff, estamos en Los Ángeles, aquí no llueve nunca. Eso sí, el sol nos acompaña siempre. Tú tienes la ventaja también en este asunto. Sin pagar un centavo ni gastar tu tiempo, puedes broncearte naturalmente, tampoco es que te haga mucha falta con ese tono de piel con el que naciste. ¿Sabes qué tengo que hacer yo y cuánto me cuesta? Cada quince días, y todo por no haber heredado el tono de piel de mi madre sino el de mi padre, tengo que ir a las cámaras de bronceado en Koreatown y, aunque las mujeres asiáticas no cobren tanto como los chicos de Venice Beach, tampoco es barato. Tostándome bajo los rayos ultravioleta pierdo un cuarto de mi sueldo mensual. ¿Que por qué me bronceo? Los morenos no entienden nada. Porque el Show Business es así, lo haces o te quedas fuera de la industria. Por supuesto, yo nunca he revelado mi primer apellido, para todos mis colegas soy Stephen Blackstone. Mis cabellos dorados no me delatan, pero siempre es adecuado mantener un bello bronceado, aunque sea artificial. Pero qué vas a entender tú que de estética no sabes nada, mira esos pantalones desgastados que cargas, no hacen juego mínimo con tu camisa violeta a cuadros. Pareces David Bowie, sin su talento, desde luego, porque de lo contrario no estarías aquí parado, sino que serías colega mío. Pero soñar no es bueno, compañero.

Alcánzame la botella para servirme otra copa de champaña; te invitaría un trago, pero no hay más copas y la bebida no es barata. Además, seguro que no te gustaría, tú estás acostumbrado al guaro, luego te tomas uno a mi salud y a mi futura fama en el mundo del espectáculo.

¿Qué te decía? Ah, sí, que tienes mucha suerte my friend. Tú ni siquiera tienes que pagar membresía en el gym. ¿Sabes cuánto pago por eso? Adivina.

Suertudo, le atinaste; ahí se me va otro cuarto de mi sueldo mensual, pero no hay nada qué hacer. ¿Crees que todos podemos ser tan afortunados como tú y ejercitar nuestros cuerpos mientras trabajamos? No way, dude. Solo los que han nacido con buena estrella cumplen con ese sueño inalcanzable para los actores hollywoodenses como yo.

Tampoco tenemos la suerte de vestirnos con lo primero que encontremos en nuestros walk-in-closets. ¿Crees que las cámaras me perdonarían al captarme vestido como estás tú ahora? No, la gente como yo no tiene el lujo que ustedes acaparan. El cuarenta por ciento de mis ganancias termina en las tiendas de Beverly Hills. Te cuento aquí entre nos que ahora mismo solo me alcanza para comprar dos camisas al mes o una playera y un par de calcetines. ¿Que cómo le hago, entonces? Ven, acércate un poco para que nadie nos oiga: los domingos por la mañana, en lugar de ir a misa como les gustaría a mis padres, con todo y la desvelada y la resaca que provocan los Martinis, me levanto muy temprano, a eso de las diez de la mañana, conduzco desde mi estudio en Venice Beach hasta South Central y, aprovechando el gentío, entro en alguna tienda de segunda mano y me surto de lo lindo. Ves estos tenis de marca, ahí los compré la semana pasada. Me gustaron sus brillitos dorados en las puntas, hacen buen juego con el tono de mi piel.

Sí, aunque no lo creas, vivo en Venice. Como he estado tratando de explicarte, aunque con gente de tu tipo no es fácil, hay personas que tienen mucha suerte. Este no es mi caso, pero sí el de un "amigo" mío, ya me entiendes. Él es arquitecto en una compañía china de construcción y tuvo la suerte de conocerme durante la premier de una película en la que yo participé como actor de comparsa, salí en una escena en la que aparezco de espaldas ofreciéndole un vaso de agua al personaje principal, un viejo millonario que está tirado sobre su cama a punto de morir. La escenografía era bellísima, la escena fue rodada en una mansión de Bel-Air, aunque no sabría decirte en qué dirección, a los extras nos cubrieron los ojos y nos llevaron en una camioneta Suburban.

¿En qué estaba? Sí, claro, estaba en eso. Mi amigo Kyle tuvo la suerte de conocerme el día de la premier y después de unos cuantos tragos me invitó a su departamento en Venice, un estudio pequeñito, de unos dos mil quinientos pies cuadrados, me imagino que es más o menos del tamaño de tu mobile home. Pasamos una noche encantadora y seguimos viéndonos. Luego de una semana, me pidió que le hiciera el favor de mudarme con él. Y lo hice, te digo que hay que gente con suerte, no como yo.

Seguro que son raros los días que no trabajas. ¿Hasta los domingos? Lo dicho, eres un tipo con buena estrella. Quién sabe qué buena acción habrás hecho en tu vida pasada. Los budistas como yo creemos en la reencarnación.

¿Sabes cuántos papeles me han ofrecido en el tiempo que llevo en Los Ángeles? ¿Diez? Puff, solo dos. Ya te conté de mi papel estelar, cuando tuve que entregar el vaso de agua al viejo moribundo. El otro fue en un comercial de barras energéticas en el que tuve que presentar la nueva versión sabor Kiwi con mis delicadas manos. ¿Mi cara? ¿Qué tiene mi cara? Ah, no, el comercial no mostró mi cara, no te digo que tenía que mostrar las barras sabor Kiwi. Por ese anuncio publicitario recibí excelentes críticas y mis colegas comenzaron a desarrollar cierto recelo por mi carrera en ascenso. Sí, en ascenso, ahora solo me falta tener un poco más de suerte, como tú, y conseguir un contrato como protagonista de una de las películas de González Iñárritu o por lo menos en una de Cuarón.

¿Qué, ya te vas? No te digo, suertudo, a trabajar.

Stephen Blackstone le dio el último trago a su copa de champaña y tambaleándose llegó hasta el taxi que lo esperaba desde hacía media hora. Kyle había hecho reservaciones para un brunch en Miracle Mile y lo esperaba en el restaurante.

Mientras tanto, Juan trepó a la caja de la camioneta y, como pudo, encontró un lugar entre los trapeadores y los costales con esponjas. Saludó a Fredy, un hombre salvadoreño con el que se había encontrado en otro trabajo, y al alejarse del estacionamiento contemplaron las grandes letras anaranjadas de Home Depot. Llegaron al lugar en donde ese día debían trabajar. Sus servicios fueron requeridos por tres horas y recibieron dieciséis dólares a cambio, la mitad de lo que Juan había gastado en los burritos del almuerzo. La labor consistió en destapar el caño y limpiar el excremento que había flotado hasta cubrir el extenso jardín de la mansión ubicada en las colinas de Brentwood.

Duelo en el Fórum

*E*L ASUNTO HABÍA SIDO MEDITADO POR MÁS de tres meses. Desde que se enteraron del combate, les pareció el lugar indicado para comunicar su mensaje. Fue Leticia quien propuso el plan, conocía bien la popularidad de uno de los boxeadores y el alcance de las transmisiones de UniMundo. No sería fácil, había que burlar varios obstáculos y seguramente enfrentar las consecuencias legales que, por otro lado, tampoco deberían ser demasiadas.

Ese día salieron temprano de Oxnard, Leticia los recogió en su coche. Joaquín estuvo a tiempo y a Edgar tuvieron que despertarlo; como de costumbre, se había desvelado en los bares de La Colonia; Jesse los encontraría en los estacionamientos del Fórum.

Bajaron hacia Los Ángeles por la carretera número uno. Aquel era un día de principios de julio y sin embargo amaneció nublado, la lluvia parecía estar a punto de precipitarse. Mientras conducían, observaban hacia su derecha las aguas grises del Pacífico en la zona de Oxnard; a su izquierda, los jornaleros cosechaban los extensos sembradíos de fresa entre la bruma del mar y los vapores amarillentos que se levantaban de la tierra. Más allá de los sembradíos, a la espalda de los jornaleros, se alcanzaba a ver el logotipo de la Gates' Fruit &

Oil Company; se trataba de un cartel en el que aparecía una sonriente fresa revolcándose en el petróleo como si fuera un cerdo divirtiéndose en un lodazal.

En poco tiempo cruzaron Point Dume y al llegar a Malibu se detuvieron para que Edgar bajara al baño. Su primera intención fue entrar a Ocean View, un antiguo diner, pero ante la mirada de la camarera, decidió dar la vuelta y entrar al baño de un McDonald's que, para su sorpresa, se encontraba impecablemente aseado. Sin novedad, salvo que el sol comenzó a irradiar a partir de ese momento, continuaron hacia el sur hasta entrar en la autopista número diez que los conectó con la cuatrocientos cinco, y en menos de hora y media arribaron a Inglewood.

Entraron a los estacionamientos del Fórum; a los costados del camino había pancartas patrocinadas por cervezas mexicanas que mostraban a los dos boxeadores cuadrándose en posición de ataque. Llegaron hasta la puerta principal y al levantar la vista distinguieron algunos de los anuncios que recordaban antiguos combates de la Chiquita González y Marco Antonio Barrera, el Baby-Faced-Assassin.

—Ese sí que era un gran boxeador –comentó Leticia.

—¿El asesino? –preguntó Edgar.

—No, la Chiquita, un fajador extraordinario, hasta que se topó con Michael Carbajal y se fue a la lona sin meter las manos.

El estacionamiento se hallaba prácticamente vacío, con la excepción de dos perros que merodeaban un bote de basura y un coche estacionado justo frente a la entrada. Al lado del coche, los dueños preparaban el almuerzo en una parrilla de carbón, se alcanzaba a percibir en el aire el aroma del tocino y la carne asada.

Leticia decidió estacionarse también en frente, pero lo más lejos posible del otro coche, no había necesidad de comenzar pláticas innecesarias y hablar más de lo debido.

A la media hora, Leticia recibió una llamada; era de Jesse, quien se disculpó por no poder cumplir con lo pactado; su tío Rogelio, trabajador agrícola de Ventura County por más de tres décadas, había sido transportado de emergencia al hospital debido a otra crisis pulmonar.

Una hora más tarde, Edgar se quejó del hambre y fue por unos almuerzos al Denny's. Satisfechos con los huevos revueltos y las salchichas, esperaron a que la afición se fuera congregando en el Fórum. Mientras tanto, se dedicaron a repasar el plan que ahora debía cumplirse sin la presencia de Jesse.

Tres, dos, uno, ¡aaa-rrraaann-camos!

—Perales, estamos aquí frente al legendario Fórum de la ciudad Los Ángeles para transmitir una de las peleas más esperadas del verano. Las aficiones de East LA y de la ciudad de Oxnard no nos han decepcionado y abarrotan el vecindario desde el mediodía.

—Buenas tardes, Bonifacio; saludos a toda la afición que nos sigue desde sus casas por este magnífico medio que es la televisión. Mejor combate no podíamos pedir: esta tarde se verán las caras dos guerreros de ascendencia azteca. Ricky, la Joyita Pedraza, heredero de las glorias pugilísticas del Golden

Boy, se enfrenta a Frankie Jr., el Strawberry King, del meritito Oxnard, capital mundial del boxeo y antigua casa del Ferocious Vargas.

—Así es, Perales. Como bien lo has manifestado, este pleito nos trae a colación aquel combate inolvidable entre Óscar de la Hoya y Fernando Vargas, no solo por contar con peleadores de las mismas zonas del sur de California, sino también por los estilos similares que presentan la Joyita Pedraza y el Strawberry King.

—Sofisticado, pulcro, elegante, así es como podríamos clasificar al boxeador de East LA; el de Oxnard, por otra parte, un peleador con personalidad, de gran corazón y pegada fulminante. Ambos, sin embargo, comparten un detalle fundamental: su tremenda popularidad, tal y como lo están viendo a nuestras espaldas, queridos televidentes.

—¡Sí, se puede! ¡Sí, se puede! ¡Arriba el Frankie!

—Arriba, pero de un nopal. Ni siquiera es de Oxnard, nació en Camarillo; por eso le dicen la Reina de las Fresas.

—No seas machista, Edgar. ¿Por qué tiene que ser la reina? Mejor que sea el Vendido de las Fresas.

—Eso, me agrada ese nombre, Leti; le queda como anillo al dedo.

—Ya déjense de esas cosas, ahora lo importante es nuestro asunto.

—Tranquilo, Joaquín, que estamos con tiempo de sobra, nada más hay que asegurarnos de pasar los materiales por la revisión sin que se note.

—¿Quién los pasa?

—Quién más, Leti; como es mujer, no se la van a hacer mucho de tos.

—¿Otra vez con tus cosas, Edgar?

—Es cierto, Leti, a ti no te dirán nada, pero vas a necesitar ayuda.

—Yo le ayudo, hacemos buena pareja.

—Sí, cómo no. Olvídalo, no sé ni por qué te trajimos. Mejor acompáñame tú, Joaquín. Edgar: entra por tu lado y cuidado con hacer algún escándalo, nos vemos justo a la mitad del pasillo por donde deben caminar los boxeadores rumbo al ring.

—Está bien, así le hacemos, pero yo creo que ustedes no hacen buena pareja.

—Frankie, gracias por regalarnos unos minutos de tu preciado tiempo horas antes de este combate que marcará definitivamente tu carrera en ascenso. ¿Cómo te sientes arriesgando el invicto? Cuéntanos un poco sobre tu campamento en Big Bear.

—Gracias a ti, Boni, por la oportunidad de estar frente a las cámaras de UniMundo, la mejor cadena de televisión hispana. Bueno, antes que nada, me gustaría agradecerle a Dios, a la Virgencita y, sobre todo, al señor Kevin Gates, quien nos sigue desde su casa en Huntington Beach, por todo el apoyo que nos ha mostrado. Mr. Kevin, I'm not gonna fail you. This belt is for you! Pues sí, como te decía Boni, el campamento fue francamente un éxito, nunca me había sentido tan bien físicamente, estoy preparado para pelear no doce sino quince rounds, hice sparring con peleadores de peso Wélter, y esa tal

Joyita no va a saber ni qué lo golpeó. Te lo digo aquí frente a las cámaras de UniMundo: knockout garantizado, la Joyititita no pasa del séptimo round, que se aprevengan las ambulancias.

—Te entrenaste a más de dos mil metros de altura con el frío, y hoy peleas a nivel del mar. Esto, sin duda, te favorecerá. Por otro lado, la pelea no será por la noche sino por la tarde, con el calorcito veraniego del sur de California que ya comienza a sentirse. ¿Crees que este factor podría jugar en tu contra?

—En lo absoluto, Boni. Recuerda que vengo de Oxnard, de familia campesina, mis padres siempre han cosechado la tierra, la fresa en particular, el calor, como a mi gente, me arropa, no me daña.

—Aunque por ahí se rumora que no eres de Oxnard sino de Camarillo. ¿Qué le contestas a tus detractores?

—Son puras envidias. Desde que el señor Gates me apadrinó nombrándome el Strawberry King, comenzaron las habladas. Pero como lo ves allá afuera, la verdadera afición de Oxnard me apoya y me brinda su amor incondicional; por algo me la juego por ellos cada de que subo al ring de la misma forma en que Mr. Gates se la juega en los campos por sus familias.

—Y hablando de tus fans ¿hay algo que les quieras decir?

—Claro que sí, Boni: que vamos a ganar, y luego vamos a celebrar con música de banda por las calles de Oxnard hasta que amanezca. Saludos para todos y, sobre todo, para el señor Kevin Gates. Recuerden que las mejores fresas las produce Gates' Fruit & Oil Company, y siempre siguiendo un proceso natural, nada de fertilizantes ni cochinadas de esas; ¡puro orgánico, raza! Cuidamos el ambiente y tu salud.

—Ese vendido no tiene vergüenza, en serio. Si hay alguien que conozca los desastres que causa esa compañía en Oxnard, es él; y ahora se las dan de protectores del medio ambiente y de la salud.

—¿Y siempre fue así, Leti?

—¿De hablador? Sí, desde chiquillo, la maestra Mendoza no lo aguantaba en primer grado y a diario le daba la queja a mi tía. Pero nunca lo conocí tan sinvergüenza. Ahora parece un merolico.

—Pero los merolicos no matan a nadie con su agüita azucarada.

—Ya mero nos toca, con cuidado, que no se note el bulto.

Leticia y Joaquín pasaron sin mayores inconvenientes los materiales de la operación; Edgar se encargó de llevar la pancarta de tres metros de largo que por la parte frontal mostraba una nota de apoyo al Strawberry King.

Llegó la hora del combate y vieron desfilar al peleador de East LA. Aquella tarde vestía un atuendo en color vino, en la parte frontal podía verse en letras negras su apellido, Pedraza, y en la trasera, en color dorado, la Joyita.

Le tocaba el turno al Strawberry King. Salió al pasillo acompañado no por su entrenador sino por dos modelos despampanantes que provocaron euforia en los aficionados. Frankie llevaba puestos unos shorts con los colores de la bandera mexicana y un penacho al estilo Moctezuma. El guerrero azteca de ascendencia michoacana, que bailaba al ritmo de la banda El Limón, sonreía a sus fans y gritaba al aire augurando su triunfo. La afición se empujaba entre sí para tener la oportunidad de acercarse al pasillo y chocar el guante del campeón. Leticia y Joaquín estaban listos, Frankie se encontraba a escasos cinco metros de su zona. En el momento en que se preparaban para saltar la valla, vieron a Edgar que intentaba alcanzar unas gafas promocionales que le ofrecía la modelo, la pancarta se encontraba por los suelos. Furiosos, Leticia y Joaquín dieron un paso hacia atrás y contemplaron la sonrisa burlona de Frankie que alcanzó a reconocer a su prima entre los aficionados.

Habían perdido la oportunidad y ahora debían esperar a que volviera a caminar sobre el mismo pasillo después de la pelea.

—Está todo listo, ¡que suene la campana, Perales!

—Aquí vamos, Bonifacio. ¡Preparados, que se nos viene una pelea de época!

— ¡aaa-rrraaann-camos!

—Como era de esperarse, Perales, durante los primeros rounds la Joyita se ha mantenido con buen movimiento por todo el ring; aprovechando su mejor técnica, repele los ataques del Strawberry King con un potente jab de izquierda que causa estragos en el rostro del peleador de Oxnard.

—Es una delicia contemplar esta Joyita, Bonifacio, camina por el ring como si anduviera sobre nubes. No por casualidad, las casas de apuestas lo tienen hasta tres puntos arriba.

—Así es, Perales. A veces me recuerda al Finito López, pero no hay que olvidarnos de la fortaleza y el corazón de Frankie Jr. Ya en más de una ocasión ha dado la sorpresa en los rounds finales. Ese potente gancho de izquierda a la zona hepática pude ser determinante.

Leticia y Joaquín observaban nerviosamente las acciones del combate y de vez en cuando veían con resentimiento a Edgar. Él disfrutaba de la pelea y se levantaba a aplaudir las acciones más emocionantes del combate.

Durante los primeros nueve asaltos la pelea fue dominada por la técnica de la Joyita; Perales tenía la pelea siete puntos a dos a favor del boxeador de East LA y Bonifacio había visto una blanqueada de nueve a cero. En los primeros segundos del décimo asalto, el Strawberry King le dio dramatismo al combate al tirar un gancho de izquierda que terminó en las partes nobles de la Joyita. Pedraza puso una rodilla sobre el ring y en ese momento sintió una derecha a la mandíbula que lo mandó a la lona. De la esquina de la Joyita gritaban al réferi para que descalificara al Strawberry King, pero como el réferi se encontraba hacia el lado opuesto cuando el golpe bajo sucedió, le aplicó la cuenta de protección a la Joyita, quien se retorcía sobre el ring.

Entre gritos de apoyo y consignas en su contra, Frankie Jr., el Strawberry King, fue coronado como campeón unificado de la Federación Global de Boxeo y de la Organización Multinacional de Pugilismo.

Portando sus dos cinturones sobre los hombros, el Strawberry King comenzó el descenso.

—Ahí viene ese cochino, esta es nuestra última oportunidad.

—Edgar parece estar atento.

—Más le vale, no podemos fallar. Cuento hasta tres y saltamos la valla.

Uno, dos, ¡Órale!

Leticia y Joaquín saltaron la valla de seguridad en el mismo instante en que Edgar se postraba frente al Strawberry King y las cámaras de UniMundo, mostrando la parte posterior de la pancarta en la que podía leerse: Gates' Fruit & Oil Company, Largo de Oxnard, Stop Poisoning Our Families!

En seguida, el Strawberry King saboreó el ácido pútrido de las fresas descompuestas que Leticia y Joaquín arrojaban sobre su rostro flagelado por los puños de la Joyita. El líquido le escurría por la comisura de los labios y caía sobre su pecho, manchando sus relucientes cinturones.

Los guardias de seguridad se lanzaron sobre los manifestantes; Joaquín consiguió saltar la valla de regreso y escabullirse entre la multitud que coreaba su hazaña. Edgar fue esposado enseguida y Leticia permaneció tirada sobre el piso, aguantando el peso de uno de los guardias que mantenía la rodilla derecha sobre su pecho.

Frankie Jr. vio que su entrenador se acercaba y pensó que lo hacía con la intención de limpiar la pestilencia de las fresas, pero en realidad lo hizo para comunicarle que su madre, que llevaba más de seis meses en el hospital combatiendo la leucemia, acababa de fallecer.

Frankie fue incapaz de producir una respuesta inteligible. En ese momento recordó a su madre, de rodillas sobre los campos de Oxnard, cortando fresas entre la bruma del mar y los vapores amarillentos que se levantaban de la tierra.

Edgar tuvo que pasar la noche en las celdas, pero fue liberado después de pagar una pequeña multa.

Leticia, considerada como la autora intelectual del plan, fue acusada de terrorismo biológico por el fiscal de Los Ángeles.

La caída y el regreso

A Isaura Contreras, lectora generosa del Kilimanján

$\mathcal{A}$ LA ORILLA DEL ANDAMIO, APOYADO sobre las puntas de sus pies, Anastasio extendió al máximo su brazo izquierdo hasta insertar en el techo del recibidor la alarma contra incendios en la casona de Hollywood Hills. Al escuchar el crac, su cuerpo se precipitó al vacío, y el horror hizo que sus brazos fracasaran en el intento por sujetarse de una de las columnas blancas. Al principio no sintió dolor, solo una quemazón en el costado derecho cerca de las costillas. Enseguida, su vista se nubló.

Desde la sala, Nick escuchó el golpe; el sonido le pareció como si un bulto de cemento de sesenta kilogramos hubiese sido arrojado desde un segundo piso. El candelabro que instalaba quedó colgando de los alambres eléctricos luego de que Nick saltara de la escalera para dirigirse hacia la zona de donde provenía el ruido.

Al aproximarse, vio que su tío Anastasio yacía inmóvil en posición fetal sobre el piso de mármol que ellos mismos habían instalado la semana anterior. Nick se arrodilló junto a su tío y con un trapo sucio limpió la sangre que escurría de la comisura de su boca. Al sentir el contacto, los músculos del rostro de Anastasio se contrajeron levemente. Nick se levantó para humedecer el trapo. Para no dejar marcada la alfombra en su recorrido hacia el baño, se desprendió de sus botas de cuero y caminó con los pies desnudos. De regreso colocó el trapo tibio sobre la frente de Anastasio, y en un par de minutos la piel del rostro de su tío recobró su tono bronceado. Todavía, sin embargo, seguía inconsciente.

Nick recordó que en la caja de la camioneta tenían una botella de plástico con gasolina y salió a la calle a buscarla. Tomó una toalla que usaba para limpiar el parabrisas y la roció con la gasolina. De vuelta en la entrada de la casa, pasó la toalla cerca de la nariz de su tío, quien giró el cuerpo violentamente con la intención de alejarse de aquel olor y fue a golpearse la mandíbula contra un antiguo mueble de caoba. Al instante, Anastasio removió el brazo de sus costillas y lo dirigió hacia su rostro. Nick le habló en voz baja, casi susurrándole. Anastasio abrió los ojos y contempló el mármol manchado. Enseguida, apoyó su brazo derecho sobre el piso con la intención de levantarse, pero de inmediato su garganta produjo un sonido gutural. Nick le pidió que se mantuviera quieto, pero ante la insistencia de su tío, le ayudó a recargarse sobre la pared procurando no causar estragos en la pintura verde oliva.

Con los ojos cerrados, Anastasio intentaba tolerar la punzada sobre las costillas que se repetía cada diez segundos y el dolor en la mandíbula que empezaba en la sien y bajaba hasta la barbilla.

Finalmente, Anastasio abrió los ojos y Nick le preguntó si tenía fuerzas para incorporarse. Su tío le pidió unos minutos más de reposo y un trago de agua. Cinco minutos después Anastasio apretó los dientes y, sujetado del hombro de su sobrino, se levantó lentamente. Cerca de la puerta de la calle, Nick lo sostuvo con el brazo izquierdo mientras desenganchaba el doble cerrojo. Llegaron a la camioneta y aguantando la punzada que ahora volvía cada cinco segundos, Anastasio subió el escalón para tirarse sobre el asiento del copiloto. Reposó con los ojos cerrados durante un cuarto de hora mientras mantenía su brazo derecho sobre las costillas. Nick cobró valor para ponerle el cinturón de seguridad a pesar de las quejas de su tío, y encendió el motor.

Condujeron colina abajo y atrás quedó la fuente con sus aguas claras salpicando el césped de la casa. Nick alcanzó su teléfono celular y marcó el número de Raymundo, el subcontratista de El Monte para el que trabajaban desde hacía siete años y medio. Como de costumbre, la línea estaba ocupada. Nick dejó un mensaje explicando la caída y la necesidad de ir al hospital. Veinte minutos más tarde, Raymundo devolvió la llamada solo para advertirles que ellos serían responsables de cualquier gasto. Anastasio no tenía cobertura médica; al ser indocumentado, no existía como empleado de la compañía High-End Houses. "Arréglensela como puedan y no se tarden. Hay que terminar esa casa para la fecha indicada."

Nick colgó el teléfono sin responderle a Raymundo y siguió conduciendo hacia un hospital ubicado en el sureste de Los Ángeles. Habló sobre el asunto con su tío que cada vez que la camioneta frenaba, se retorcía sobre el asiento. Anastasio le advirtió que por ningún motivo debían acercarse a un hospital. El mes pasado había visto las noticias de las diez en donde la conductora informó sobre varios casos de detención ilegal en los hospitales de California. La última víctima había sido una anciana hondureña en la ciudad de Madera en el Valle de San Joaquín.

El sobrino insistió que era necesario ver a un médico y tomar radiografías. Después le dijo a su tío que no debía preocuparse por los agentes de migración; su profesora de Cal State, LA, la doctora Armenta, les había dicho que era contra la ley, y contra los derechos humanos, detener a personas indocumentadas mientras estas buscaban servicios médicos. Anastasio preguntó si no sería posible que esa doctora le recetara algo para los dolores que comenzaban a hacerse intolerables. Con una leve sonrisa, Nick volteó a verlo para explicarle que el doctorado de la profesora Armenta no era en medicina, sino en sociología. Resignado, Anastasio le indicó a su sobrino que, en lugar de ir hacia el hospital del condado, se dirigieran a San Gabriel, al este Los Ángeles. Cerca de ahí vivía una persona que podía ayudarlo.

Antes de entrar a la ciudad de San Gabriel, giraron por un camino de terracería que los llevó a una casa que parecía estar abandonada desde hacía mucho tiempo. La propiedad de no más de cien metros cuadrados estaba rodeada por una nopalera cuyas plantas se encontraban derribadas sobre el suelo. Había también al lado de la puerta dos montones de electrodomésticos destartalados y un sin fin de cajas de cartón en donde se almacenan los huevos. Al abrir la puerta de la camioneta, se escucharon los ladridos de un par de chihuahuas rabiosos que llegaron corriendo hasta Anastasio y Nick.

Los ladridos despertaron al único residente de la casa. Patricio, conocido entre sus adeptos como el Sabio de San Gabrielito, era un hombre de alrededor de cincuenta y cinco años y unos ciento veinte kilogramos de peso que no medía más de un metro cincuenta de estatura. Sentado sobre la orilla de su cama, el Sabio de San Gabrielito arregló su larga trenza que comenzaba a mitad de la cabeza debido a la calvicie. Iba vestido todo de blanco con unos shorts anchos de lino que le llegaban por debajo de la rodilla, una camisa guayabera manchada de chocolate y unas chanclas de cuero con suelas de neumático.

El Sabio de San Gabrielito abrió la puerta de su casa móvil y los invitó a pasar. "No, no me digan nada. Yo lo sé todo. ¡Este hombre está enfermo, muy grave, gravísimo! Ayer tuve una visión en la aparecía un hombre como tú que habían embrujado unos envidiosos y no podía levantarse de la cama."

Furioso, Nick le contestó que, por supuesto que su tío estaba mal, acaba de caerse de un andamio, y la sangre que le escurría de la boca cubría buena parte de su sudadera color crema.

El Sabio de San Gabrielito le pidió a Anastasio que se sentara en un banco de madera que tenía puesto sobre el centro de lo que parecía ser su sala. Apagó el televisor que en ese momento mostraba una película de vaqueros, y extrajo del gabinete un frasco que contenía un líquido verdoso que comenzó a agitar frente a los ojos de Anastasio. Luego se puso de rodillas y estiró el brazo debajo de la cama para tomar un huevo color marrón.

Anastasio se quedó contemplando el huevo y aclaró que no necesitaba una limpieza espiritual (esa le habría servido antes de la caída), sino que requería los servicios de un sobador experimentado que pudiera acomodarle las costillas maltrechas. El Sabio de San Gabrielito le contestó que era absolutamente necesario hacer la limpia, que además estaba incluida en el paquete Express por el que debían pagar.

Después de recibir sobre su pecho desnudo los múltiples escupitajos de alcohol alcanforado y sentir sobre su piel la cáscara rasposa del huevo, Anastasio se tendió sobre un lienzo amarillento y recibió los masajes del Sabio de San Gabrielito. Por un momento, mientras trabajaba la espalda, Anastasio sintió un leve confort. Todo cambió, sin embargo, en el instante en que las manos regordetas hicieron presión sobre la zona de las costillas. Anastasio no pudo contenerse y soltó un chillido que despertó a los perros chihuahua que se encontraban dormitando sobre la cama. A continuación, comenzó a sangrar de nuevo por la boca y Nick pudo ver cómo la mandíbula seguía aumentando de tamaño.

El Sabio de San Gabrielito les cobró sus honorarios Express y los despidió no sin antes advertirles que de no cumplir con la segunda visita en cinco días como máximo, la cura perdería su efecto. También le recomendó al enfermo tres días de reposo y dos aspirinas diarias para el dolor.

Anastasio le entregó los cien dólares y bajó a paso lento los tres escalones de la casa móvil para dirigirse hacia la camioneta. Los chihuahuas salieron corriendo detrás de ellos hasta que, de un puntapié, Nick los arrojó contra los nopales caídos. Por el enojo, Nick no ayudó a su tío a subir a la camioneta ni pronunció una sola palabra cuando Anastasio volvió a quejarse del dolor camino a casa.

Tendido sobre el camastro, Anastasio seguía balbuceando. Las horas pasaban y el dolor no menguaba. Nick insistía en que debían ir al hospital, pero el tío se negaba.

Esa noche Nick no pudo asistir a sus clases en Cal State, LA. Pasó las horas en vela observando cómo se retorcía su tío. Tampoco Anastasio pudo dormir; las aspirinas disminuían su dolor por escasos diez minutos. En la madrugada, Anastasio comenzó a delirar debido a la fiebre, y de vez en cuando se estremecía por los escalofríos; en esos momentos, el rechinar del camastro se confundía con el de sus dientes.

El rugido de los motores vecinos le indicó a Nick que eran ya las cinco de la mañana. Anastasio estiró el brazo izquierdo para pedir otro par de aspirinas, pero la caja se había terminado, y a esa hora no encontrarían farmacia abierta.

Nick se levantó de la silla y buscó una sopa instantánea en la alacena. Hirvió el agua y preparó la sopa. Intentó que el tío bebiera el caldo, pero este se negó a probarlo. Por enésima vez Nick le pidió que, por favor, fueran al hospital, pero su tío se negó moviendo la cabeza de un lado a otro. La hinchazón le impedía abrir ya la boca.

Para aclarar su mente, Nick dejó solo a Anastasio por un instante mientras se lavaba la cara con agua fría en el baño. Por segunda ocasión, escuchó un golpe seco; ahora había sido contra la madera cuarteada del piso de su departamento. Hizo a un lado la toalla con la que secaba su cara y volvió a la cama de su tío solo para encontrarlo inconsciente sobre el piso.

Con la fuerza que le quedaba (no había comido nada después del desayuno del día anterior), Nick levantó a su tío Anastasio y lo puso sobre sus hombros para llevarlo a la camioneta. De camino al hospital Anastasio no hizo ningún ruido. Dos calles antes de llegar, Nick sintió el pulso de su tío para asegurarse de que siguiera con vida.

Entraron por la zona de emergencias y luego de tres horas Anastasio fue aceptado en el hospital. Nick tuvo que completar media docena de formas dejando en blanco las secciones que pedían el número de seguro social y el nombre de la compañía médica que cubriría los gastos.

A las nueve de la mañana, antes de conducir hacia Hollywood Hills a terminar la labor, Nick se acercó a la quinta cama ubicada en la última habitación del hospital, a escasos pasos de la puerta trasera. Se despidió de su tío Anastasio y le explicó que regresaría con algo de comer después de terminar su turno. Anastasio no lo escuchó, dormía después de haber recibido una dosis de morfina.

La jornada de trabajo transcurrió sin mayores contratiempos para Nick. Ese día terminó de instalar los candelabros en la sala y la habitación matrimonial, pulió el mármol de la entrada hasta desaparecer cualquier rastro de sangre y desempolvó las columnas.

De camino al hospital se detuvo en un restaurante de hamburguesas y pidió dos para llevar. Entró al hospital y se dirigió hacia la habitación donde se había quedado su tío Anastasio.

La quinta cama se encontraba vacía.

Nick pensó que tal vez habían transferido a su tío a otra habitación después de la radiografía, y decidió preguntar en la recepción. La secretaria le informó que en el hospital no se encontraba ningún paciente con ese nombre. Nick le explicó que su tío había sido ingresado esa mañana por la zona de emergencias y que había dormido en la habitación del fondo. La secretaria entendió lo que sucedía. Bajó la cabeza y con voz suave, casi apenada, le indicó a Nick que esa habitación estaba destinada a los pacientes indocumentados y que, si su tío ya no estaba ahí, debía preguntar en las oficinas de migración de la ciudad.

Comenzaba a oscurecer cuando Nick cruzó las puertas de la oficina de migración. Caminó hacia la ventanilla de información en donde tomó un número y esperó una hora y media. Al atenderlo, un hombre de mediana estatura con el pelo canoso y la barba larga le informó a Nick que su tío se encontraba en custodia y en cuanto pudiera moverse, terminaría su recuperación en su país de origen. Nick preguntó si podía hablar con su tío Anastasio, pero el viejo le indicó que las horas de visita habían terminado. Si deseaba verlo, debía regresar al siguiente día entre las diez de la mañana y las tres de la tarde.

Nick habló con Raymundo para pedirle medio día libre y visitar a su tío. Raymundo se lo concedió aclarándole que esa era la primera y última vez que lo hacía. Antes de que las oficinas abrieran, Nick estaba ya sentado sobre los escalones de la entrada. En cuanto vio al hombre canoso acercarse a la puerta, se puso de pie y se dirigió hacia la ventanilla. Solo tuvo que esperar media hora para ver por quince minutos a su tío Anastasio. Lo encontró despierto, con los ojos rojos y húmedos, vendado de las costillas. Anastasio hizo un esfuerzo y le regaló una sonrisa a su sobrino. Nick se acercó al catre y le dio un abrazo a su tío. Se mantuvieron entrelazados por varios segundos hasta que escucharon los pasos del guardia. Nick se acomodó sobre la silla de metal y se mantuvo quieto por un rato mientras contemplaba el cuerpo maltrecho de su tío. Con la vista clavada en los ojos de Anastasio, Nick le dirigió unas cuantas palabras: le aseguró que si era necesario trabajaría turnos dobles y faltaría a sus clases, pero en menos de dos años ahorraría los ocho mil dólares que cubrirían el transporte para traerlo de regreso a Los Ángeles.

Los pasos del guardia volvieron a resonar sobre las baldosas de piedra de la celda, y Anastasio y Nick escucharon palabras en inglés que les ordenaron despedirse.

¡Yo también quiero mi unicornio!

ÉRASE UNA HERMOSA MAÑANA DE MARZO EN el oeste de Los Ángeles. Las delicadas flores de la jacaranda, con todo su esplendor azul violáceo, daban los buenos días a los escasos, pero bien despiertos caminantes angelinos. Gozando del apacible abrazo de los rayos del sol, las golondrinas permanecían inmóviles sobre los tejados. Lentos y silenciosos automóviles transitaban por la avenida Overland. Ante tal escenario, Renata no pudo más que suspirar y menguar su trote. Su corazón y su alma, pero sobre todo sus bolsillos, no dudaron por un instante: aquel paisaje debía ser una señal inequívoca de que su empresa tendría buen fin. Con esfuerzo, creatividad y paciencia (y con una pisca mágica de buena suerte), ella también sería dueña y señora de su propio unicornio.

En la esquina con National Boulevard, Renata completó sus seis millas diarias de ejercicio, y enseguida se dirigió a su estudio para releer sus notas antes de su cita.

Cuando Neto recibió la invitación de Renata, pensó que se trataba de una broma. No obstante, al escuchar el tono con el que pronunció aquellas palabras su querida amiga, Neto comenzó a tomarla en serio. Por otro lado, había algo que no cuadraba. ¿Desde cuándo Renata, estudiante doctoral de sicología, estaba interesada en negocios? Se conocían desde hacía más de ocho años, y en el transcurso de ese tiempo Renata jamás había pronunciado la palabra empresa.

En otro contexto, despertarse antes de las nueve de la mañana habría sido terrible para Neto. Ese día, sin embargo, la curiosidad provocó que aquella fuera una experiencia casi placentera. Después de lavarse la cara y aplicarse las cremas que prometían reducirle la papada, Neto desayunó un yogurt bajo en grasa y una rebanadita de pan integral sin mermelada. Sacó del closet su traje sport plateado y su camisa color salmón; unos tenis blancos y un par de calcetines estampados con la imagen de Frida Kahlo complementaron su atuendo.

Neto tomó su tableta de diseño gráfico y se dirigió hacia el autobús que lo llevaría al restaurante de Culver City para reunirse con su amiga y hablar del proyecto que traía en mente.

Neto llegó puntual a la cita. Entró al Culverland y antes de saludar al mesero, levantó el brazo derecho para llamar la atención de Renata, quien se encontraba sentada en una de las mesas del fondo. Caminó entre las sillas vacías observando hacia su derecha las especialidades del día para el brunch: Avocado Toast, Chicken & Waffles y Vegan Chimichangas. Aquel lugar no parecía el mismo del fin de semana anterior; ese miércoles las chicas de secundaria se hallaban recluidas en la escuela y los aspirantes a guionistas hollywoodenses tomaban su café en el Starbucks de la esquina.

—¡Netito, qué milagro! No recuerdo la última vez que llegaste temprano. ¿Y qué tal el look? ¡Pareces el vocalista de una banda menor de rock & roll! Pero bueno, es un avance, cuando nuestro proyecto se encarrile y comience a dejarnos dinero por montones, podrás tirar a la basura tu guardarropa completo.

—Tú no te quedas atrás, Ranita. ¡Looking horrendous, my friend! ¿Dónde es la quinceañera? ¿O es fiesta infantil? Esa blusa rosa color pastel te va fatal con el tono de tu piel. ¿Y a quién le robaste la coronita, a una niña de primaria?

—Netito, deja los insultos para cuando te mueras de envidia al ver que mi empresa se cotiza en la bolsa de valores. Déjame y te explico mi brillante idea.

—Espérate. Primero hay que ordenar.

—¡Ay Netito, a este paso vas a reventar! Más te vale que pongas toda tu energía en este proyecto, y con las ganancias te consigas un personal trainer.

—Basta ya de críticas y cuéntamelo todo.

—¿Por dónde empiezo...? Recordarás que el mes pasado visité el Silicon Valley con la excusa de asistir a una conferencia de estudiantes de posgrado en San José State. Pues resulta que ahí conocí a un profesor de filosofía, un sacerdote que trabaja en una universidad privada de aquella zona. El viejecito apenas si podía mantenerse en pie, pero durante el banquete de clausura, mientras se devoraba la segunda docena de camarones, me contó sobre los valores de justicia social que inculca su universidad, y me explicó de qué forma moldean esos valores para que encajen con sus visiones empresariales. Me habló, por ejemplo, de los programas de inclusión en los que la universidad pone bastante empeño. Su estudiantado ha pasado de ser 99,7 porciento blanco, a solo 90,2 en menos de diez años. ¿Sabes cómo lo consiguieron? Aceptando a más estudiantes hispanos y afroamericanos, ofreciéndoles préstamos estudiantiles con intereses apenas 0,2 por ciento por debajo del promedio nacional. "A cambio de unos 280,000 dólares –me comentó el viejecito–, esos estudiantes de color reciben una educación fundada en la justicia social." Esa última frase fue la que me iluminó. Más que iluminación, escuché un llamado: Yo, Renata Cienfuegos, debía fundar mi propia compañía, pero mi proyecto debía estar atado a los ideales de justicia social.

Las ideas del profesor de filosofía me mostraron la forma, pero me hacía falta la sustancia. De regreso en Los Ángeles, caminando por la avenida Westwood, cerca de la intersección con Wilshire, levanté la vista hacia los límpidos cielos angelinos y contemplé la imagen de un par de pececillos abrazados al lado de una pareja originaria del Midwest. "Small-Towner & Single," decía el anuncio. Luego, un viernes por la noche mientras veía mi serie favorita, un comercial me mostró a dos caribeños rizados bailando salsa en un salón de La Habana: "Latinx & Single," era la idea. En ese momento pensé: ¿y por qué no? Si hay más necesidad y urgencia aquí en los campus universitarios. Qué Los Ángeles y todo el país se prepare: Aquí viene "Ph.D. & Single. A Journey to Love!"

¡Con la cantidad de solterones necesitados de amor (y algo de calorcito), el negocio está garantizado! Solo tenemos que conseguir los fondos para iniciar nuestro start-up. (Digo nuestro, pero tú ya me entiendes, Netito). Con algo de suerte, seré dueña de mi empresa unicornio.

—Por fin, ¿solterones doctorales o unicornios?

—Los dos van de la mano, Netito. En poco tiempo, los solterones a granel harán que nuestra compañía alcance el valor de un billón de dólares y entraremos al mundo de las llamadas empresas unicornio de este país. Y todo esto, cumpliendo con los firmes valores de social justice, pues finalmente esos pobres estudiantes que gastan horas interminables en la biblioteca (y viendo series en la tele, y bebiendo cervezas baratas en los bares, y comiendo en las recepciones gratis, etc., etc.), serán recompensados socialmente con una relación estable que podría mantenerse incluso por más de tres semanas.

—O.K. ¿Y en qué puedo ayudarte yo, Ranita?

—Obvio, Netito. Pensé en ti porque, a pesar de tus pésimos gustos para el fashion, a fin de cuentas eres un buen diseñador gráfico, y tus conocimientos en programación nos serán utilísimos al inicio. Pero ya tengo varias ideas que podrían ayudarte. ¿Quieres escucharlas? Por supuesto que quieres.

Primeramente, el billboard. ¿Listo? Pues mira, conseguimos un homeless que se asemeje a un grad student, no es tan complicado. Lo llevamos al peluquero y le damos un baño (también le invitamos algún almuerzo para convencerlo, claro). La barba se mantendrá intacta para darle un toque de intelectualidad, lo disfrazamos con una toga doctoral y su gorrito de octaedro. Lo llevamos a un bar de Hollywood, de los más patéticos, y lo acomodamos en un rincón con su cerveza de lata (mexicana si se puede). Contratamos a una modelo, no, mejor a una de las chicas que trabaja en el Big Toes, y la posicionamos a unos metros del homeless; a su lado, aparecerás tú ofreciéndole una cerveza (en copa) y la morena te sonreirá. Alrededor de la parejita, en forma de corazón, escribimos el nombre de la empresa: "Ph.D. & Single." El mensaje subliminal: con nosotros, hasta los gorditos ligan.

—ammm ...

—Espérate, espérate, Netito, que todavía no termino. Ahora te cuento del comercial de televisión. Si nos es posible, retenemos al homeless por unos días (si no, contratamos a un auténtico estudiante de posgrado). Digamos que contamos con el mismo personaje del bar. Aparece al principio del comercial, pero ya no está en la posición de loser ni lleva la toga, sino que ahora se encuentra abrazado con la chica del Big Toes. El mensaje: el gordito tiene ligue, pero no pagó su membresía completa. Y en ese momento aparece el precio de la mensualidad: Only $9.99 per Month! ¿Qué tal, te convence la imagen?

Bien, sigamos adelante. Ahora te hablaré del reclutamiento que se hará a pie. Lo primero que haremos será reclutar a estudiantes de maestría y doctorado en la zona de Los Ángeles, obviamente UCLA y USC son nuestros principales objetivos. Ofreceremos sueldos de hambre, pero los estudiantes ya están acostumbrados. Un second income no les caerá mal y podrán comprarse a pagos el nuevísimo teléfono. Pero la clave está en que el dinero no sea su mayor motivación; debemos crear un apostolado (y aquí es donde entra mi training de sicología) y mandarlos a recorrer las costas del país predicando nuestra palabra auspiciados por sus propios departamentos que los proveerán con fondos para visitar las conferencias graduadas. Los mejores estudiantes vendrán de los programas de lenguas, son los más necesitados y con mayor tiempo libre. Los de las ciencias serán más complicados porque una de dos: tienen el sueño de salvar a la humanidad o pasarle la nueva gran idea a Bill Gates.

—¿Y qué tal el Midwest y el Sur, no entran en tus planes?

—Forman parte de un proyecto alterno: The Loner Full-Professor. Ya te contaré otro día de ese asunto.

—¿Y tu disertación, ¿cuándo planeas terminarla? Yo necesito por lo menos tres años más para completar la mía, y no sé si podré unirme a tu proyecto.

—Netito, la idea es brillante, solo nos hace falta encontrar las piezas adecuadas y ponerla en movimiento. ¡Yo también quiero mi unicornio!

Sobre mi doctorado, no te preocupes; pienso dejarlo después de once años de esfuerzo constante. Cierto, tendría que haberme graduado algunos años atrás, quizá cuatro o cinco, pero eso ahora ya no importa. Total, mi beca venía de fondos públicos y yo sí pago impuestos. Estamos a mano.

Después de concebir tan gran idea, no podía seguir perdiendo el tiempo. Si estuve en el doctorado es porque no sabía qué quería hacer en la vida. Pero por fin lo descubrí. ¿Quién habría pensado que un sacerdote del Silicon Valley me mostraría mi destino?

¿Cómo ves, Neto: do you have what it takes? Únete a mi empresa y deja esa vida miserable de doctorando. Obviamente no recibirás pago durante los primeros meses (o años), pero debes reconocer que estás frente a la oportunidad de tu vida.

Tus sueños, como los de Cenicienta, están a punto de hacerse realidad. ¿Te apuntas? "Ph.D. & Single. A Journey to Love!"

LA despedida

AMELIA Y CLAUDIO PASARON TODA LA semana preparando la mudanza, y solo el viernes por la tarde pudieron comunicar la noticia a los amigos más cercanos. Ante el anuncio tardío, y la imposibilidad de arreglar el asunto a último minuto, los vecinos se resignaron a organizar un modesto almuerzo de despedida en el patio de la iglesia. El padre Martínez se levantó a las siete de la mañana solo para abrir las puertas, y en seguida volvió a la cama. Estela, Margarita y doña Refugio fueron las primeras en llegar. Minutos después, Walter y Rubén se unieron al grupo.

Doña Refugio, con bastón en mano, dirigía al grupo indicándole a cada persona la tarea que debía cumplir. A Rubén, conserje de la escuela secundaria del barrio, le asignó las labores de limpieza; había que pasar la manguera por el patio y barrer el exceso de agua que quedara entre los huecos del empedrado. A Estela, por su parte, aprovechando sus conocimientos en arreglos florales, doña Refugio le pidió que colgara los adornos sobre la malla de alambre que rodeaba el patio de la iglesia. A Walter, con su camioneta repartidora, lo mandó junto a su nieta Margarita al restaurante de Saturnino a recoger las cazuelas de arroz y mole; luego debían pasar por el negocio de Santos a traer los paquetes de tortillas.

A mediodía las piedras del patio relucían y sobre la malla colgaban moños dorados rodeados de globos azules. Doña Refugio le indicó a Rubén y a Walter que era el momento de sacar las mesas de la sacristía. A Estela y Margarita les encargó colocar sobre el tronco de la jacaranda la pancarta en la que se hallaban fotografías de la pareja que a partir de mañana dejaría de ser residente de Los Ángeles. Desde esa posición se despedirían los vecinos.

Los primeros invitados llegaron pasada la una de la tarde. Algunos de ellos portaban regalos y flores para la mesa de honor. Juanita y Elmer los sorprendieron al sacrificar las ventas del día y presentarse con una vaporera de tamales rellenos de piña.

Amelia y Claudio aparecieron por la iglesia en el momento en que empezaban a escucharse en volumen bajo las canciones de Juan Gabriel.

Amelia llevaba puesto un traje color mostaza compuesto de una falda que le llagaba hasta las pantorrillas y un saco ligero desabotonado. Completaba su atuendo con una blusa de terlenka color crema que Margarita le había obsequiado para su cumpleaños número cincuenta y ocho. Su cabello canoso iba atado con un listón rojo que en las puntas mostraba una estampa en miniatura de la Virgen de San Juan de los Lagos. Claudio, quien cojeaba de la pierna derecha desde los veinte años a causa de un accidente de trabajo en una fábrica de neumáticos, portaba unos botines café avellana que hacían juego con su chaqueta de pana y su sombrero tejano.

Doña Refugio se acercó a Amelia e intercambiaron algunas palabras que nadie más alcanzó a escuchar. Enseguida le dio un abrazo y repitió el mismo gesto con Claudio. Se conocían desde hacía más de cincuenta años. Doña Refugio recordaba al pequeño Claudio correteando por las calles polvosas junto a su hijo Federico, mientras jalaban un cochecito de madera. A Amelia la conoció dos o tres años después cuando su familia se mudó a Los Ángeles procedente del estado de Jalisco. Fue Raquel, la madre de doña Refugio, quien le ayudó a la familia de Amelia a conseguir un cuarto en donde pasar la primera noche y luego el estrecho departamento en el que vivió con sus padres alrededor de veinticinco años.

De camino a la mesa de honor colocada bajo la jacaranda que ya comenzaba a adornar la superficie con sus flores marchitas, Amelia y Claudio saludaron al resto de sus todavía vecinos.

Se sirvió el mole, el arroz y los tamales en platos de plástico y los refrescos se bebieron directamente de la botella. A Claudio y Amelia les pusieron enfrente unos platos anchos de barro y un par de vasos de cristal.

Luego de felicitar a Juanita por los suculentos tamales de piña, el padre Martínez agradeció a los invitados por su asistencia y dedicó unas cuantas palabras más bien desangeladas a Amelia y Claudio.

Estela habló del primer día en que conoció a Amelia, un domingo por la mañana en su florería "La Consentida." En esa época Amelia tenía dieciséis años, acababa de dejar la escuela y buscaba empleo para ayudar a sus padres que ya no podían trabajar como antes. "Trabajó conmigo doce años hasta que se casó con Claudio y abrieron su lonchería que unos desconocidos terminarán de desfigurar muy pronto." Estela se acercó a Amelia y le entregó un rollito de billetes de veinte dólares recolectado entre los vecinos la noche anterior. Amelia se levantó y le dio un abrazo y un beso en la mejilla.

Rubén, corto de palabra, agradeció por los almuerzos que le prepararon por más de treinta años, y que recogía camino al trabajo. "No hubo un día en que me fallaran," concluyó.

Doña Refugio cogió su bastón y caminó hacia la mesa de honor. Desde esa posición se dirigió a los vecinos del barrio.

—Queridos vecinos, con el perdón del señor cura que ya estará tomando su siesta, estamos aquí reunidos no para escuchar la palabra del señor, sino para darle la despedida a Amelia y Claudio. Luego de más de treinta años de mantener en pie su negocio, que además les servía como departamento por las noches, el aumento de las rentas y la partida de muchos de sus antiguos clientes los ha obligado a dejar este barrio en el que han vivido por más de cincuenta años. A su edad, tienen que buscarse la vida como cocineros en un restaurante de la zona del Cajón, cerca de la frontera. No tuvieron la fortuna de criar hijos, pero los muchachos del barrio los apreciaron siempre, no por casualidad les decían los tíos. Sí, los tíos de "La Fondita."

Esa gente que ha ido llegando en los últimos años dice que su intención es mejorar el barrio, que no hay nada mejor que embellecerlo para que las propiedades ganen valor. Pero nosotros, los cambios que ha sufrido nuestro barrio en los últimos años –sí, todavía me atrevo a llamarlo nuestro–, los sentimos como si fueran pequeños pero profundos cortes en nuestros cuerpos; cortes hechos por navajas invisibles que nos desangran lentamente. Las navajas serán invisibles, pero quienes las manejan tienen el mismo rostro de yeso.

En épocas pasadas sí que hubo progreso –mejoras–, pero nadie vino desde afuera a desangrarnos. Durante el Movimiento la raza se animó; siguió trabajando como siempre, pero dejó de preocuparse por sí misma y comenzó a pensar en su gente. Años después, con nuestros propios recursos, creamos grupos de colaboración con los jóvenes, Amelia y Claudio se acuerdan muy bien de esto. Muchos de aquellos jóvenes dejaron atrás las esquinas y volvieron a la escuela o consiguieron trabajo. Esos mismos jóvenes, ya de adultos, siguieron reconstruyendo nuestra comunidad. Este parque que se encuentra a mis espaldas, que en otra época fue considerado uno de los más peligrosos de Los Ángeles, lo convertimos en un campo de futbol en donde las niñas practicaban después de la escuela y tenían sus juegos como locales los domingos a mediodía. Todavía recuerdo sus uniformes en verde, blanco y rojo patrocinados por la dulcería "La Golosa," de mi comadre doña Carmen Fierro que en paz descanse. "La Golosa," como muchos otros negocios del barrio, recibieron tantos golpes, o navajazos, hasta desaparecer.

Recuerdo que frente a la dulcería de mi comadre había una señora muy viejita ya, como de mi edad actual, tendría algunos ochenta y tantos. Se llamaba Herminia y vendía fruta y verdura de la buena; echaba sus viajes a Santa María a traer la fresa, y de Fresno portaba las uvas y las verduras. Yo fui por muchos años una de sus fieles clientas, hasta que tuvo que cerrar sus puertas al no poder competir con la cadena de minisúper que plagó nuestra zona. Quién sabe qué se haría esa Herminia, nadie la volvió a ver después del cierre de su tienda.

Pasó lo mismo con don Silvio, un señor sesentón que hacía de vecino a la carpintería de mi familia. Tenía su tallercito bien armado en donde arreglaba desde tacones de zapatos hasta dedales. A mi Federico le arregló no sé cuántas veces las botas picudas, y al Jr. le conseguía un pegamento que no fallaba nunca. Con las zapaterías estas que daban dos pares por seis noventa y nueve, se quedó con pocos clientes. No tardó en cerrar y se cambió de rumbo, creo que terminó como operador en una fábrica de muebles en San Bernardino.

Aunque nos dolió su partida, por lo menos los negocios que los sustituyeron ofrecían un servicio. No era el mejor ni el preferible, desde luego, pero servían de algo. Hoy en día te encuentras cada caso que te dan ganas de que las calles volvieran a estar empedradas para romper las ventanas y lucecitas de colores que cuelgan los barbones esos de sombrerito y pantalones entallados que cargan siempre sus bufandas, aunque estén muriéndose de calor.

El otro día pasé frente a la panadería de don Jacinto y vi que dos negocios atrás se acaba de instalar una cafetería de esas nuevas, de las que venden café con hielo y cuelgan costales en las paredes de ladrillo anunciando el origen de sus productos. Esos costales tenían la bandera de Guatemala. Ya verán que en poco tiempo le apretarán el cuello a don Jacinto. Ojalá y no tenga que regresarse a Antigua.

Amelia, Claudio, disculpen por el palabrero, pero a veces es necesario. Ustedes se van, y en verdad se les extrañará, pero nosotros nos quedamos. Como en los años del Movimiento, es necesario reorganizarse. Ya a algunos les ha tocado irse y ni modo. A los demás nos queda replegarnos para volver a la lucha y seguir reconstruyendo nuestro barrio. Los Ángeles será lo que quieran, pero también es nuestra casa. No sé ustedes, pero a mí, aquí me van a enterrar.

CPSIA information can be obtained
at www.ICGtesting.com
Printed in the USA
FSHW010643120421
80386FS